# 前世は剣帝。今生クズ王子 5

A L P H A　L I G H T

アルト

*alto*

アルファライト文庫

## ラティファ

ディストブルグ王家に仕えるメイド。
実はファイの前世の仲間・
ティアラでもある。

## ファイ・ヘンゼ・ディストブルグ

主人公。ディストブルグ王国の第三王子。
前世は〝剣帝〟と讃えられた剣士ながら、
今生では〝クズ王子〟と揶揄される程の
グータラ生活を送っている。

## フェリ・フォン・ユグスティヌ

ディストブルグ城の
メイド長にして、ファイ専属の
世話役を務めるエルフ。

イェルク・
シュハウザー
ファイの事を前から知っている様子の
レガリア王国の謎の男。
リヴドラ
『獣人国の王子にして〝英雄〟。
帝国に強い敵愾心を燃やしている。
ミラン
『観測者』と呼ばれる獣人国の〝英雄〟。
帝国を滅ぼすべくリヴドラに協力している。
CHARACTER

# 第一話　とんずら

　人間とは不思議なもので、それなりの時間を経れば、記憶を己にとって都合の良いように無意識のうちに改変したり、跡形もなく忘却してしまったりなんて事ができてしまう生き物であった。

　だから、決して忘れてはいけない事なんかは手に書くなりして、どうやっても忘れないようにしなければならない。

　でなければ、間違いなく痛い目を見るだろうから。貴重な睡眠時間がゴリゴリと削られる羽目になるだろうから。

「それはダメだ」「許せない」「睡眠の邪魔すんな」

　そんな言葉達はラティファの前では一切通じないし、そもそも意味をなさない。

　主従関係にあるにもかかわらず、息を吐くように聞いていないフリをされてしまう為、俺の言い分なんてあってないようなもの。

　などと考えながら俺、ファイ・ヘンゼ・ディストブルグは、数日前の自分自身の浅慮を布団に包まりながら心底悔いた。

どうして〝真宵の森〟が存在する街――〝フィスダン〟にあと十日くらい滞在しようと考えなかったのかと。

ドヴォルグ・ツァーリッヒの頼みを了承し、〝真宵の森〟へ向かった真の理由は〝連盟首脳会議〟に参加しない為だったじゃないか、と。

ああ、それでは仕方がない、と思える理由作りが目的でもあったじゃないか。

……その事実が完全に頭から抜け落ち、寄り道すらせず、一直線に城へと帰ってきてしまった己の愚かさがどこまでも憎らしかった。

とはいえである。

過ぎてしまった事は仕方がないと割り切るしかないのがこの世の常。

どうすれば安眠が得られるのか。

たとえ何を犠牲にしようとも、その為の究極の一手を模索するしか俺には道がなかった……それ以外に、道は残されていなかったのだ。

「――だから、許してくれと。殿下はそう仰るのですね」

俺が涙ながらにそう語ってやると、般若もビックリの冷酷な形相をしたメイド長のフェリが感情の一切感じられないトーンで言った。

蛇に睨まれた蛙のように、気持ちの悪い汗がこれでもかという程背中を流れていたが、俺には目を逸らし、ほとぼりが冷めるのを待つぐらいしかできる事はなかった。

「陛下から〝連盟首脳会議〟に参加しろと命じられておきながら、見事にすっぽかして部屋で布団に包まっておいて、そのくらい許してくれと」

深い訳があるんだ。

と、言い訳を試みようとも、まともに取り合ってもらえない事は明白。

何より、すっぽかした挙句、自室に戻って面倒臭いからと何食わぬ顔で眠りに入っていたと、俺の世話役メイドのラティファにチクられてしまっている。

しかも、一度は部屋を後にし、参加すると見せかけた上で踵を返して部屋に帰っていったという説明まで付け足されたのだから、フェリの怒りゲージはとんでもない事になっていただろう。

というか現在進行形で、なっている。

「…………」

俺に有難い説教をしてくれるフェリの隣に無言で控えるラティファに、「覚えとけよ、てめえ」と責めるような視線を向ける。しかしラティファは「な、なんの事か分かりませんねえ」と言わんばかりのぎこちない挙動で、額に脂汗を浮かべながらぷいと顔を背けた。

……無性に顔面パンチをお見舞いしたくなった。

「……どうして参加なさらなかったのですか」

そんな無言のやり取りをよそに、難しい顔をしながらフェリが俺にそう問い掛ける。

「どうして？」

「……理由は存じ上げませんが、殿下が帝国に拘っていた事は知っておりますので」

……そういえば、帝国の英雄『氷葬』グリムノーツ・アイザックとの戦闘の後のやり取りを、フェリは聞いてたんだったと思い出す。

「言ってしまえば〝連盟首脳会議〟とは、帝国に関する話し合いの場です」

「なのに俺が参加しなかった事が意外だって？」

こくり、と小さくフェリが頷いた。

普段であれば首根っこ掴まれてでも連れて行かれるところだったが、どうしてか今回に限って、ソレはなかった。

俺にとっては実に都合が良かったので、まぁいっかと考えないようにしていたが、フェリのその言葉を聞いて、今更ながらその理由を理解した。

きっと彼女は、帝国に関する事だから何もせずとも俺が素直に参加すると、油断していたのだろう。

「いやいや。どこが意外なんだよ。俺はディストブルグの〝クズ王子〟だろうが？　何よりも睡眠を優先するって信条は不変……って、い、うのは冗談でー！」

何を今更と本音で語ろうとした直後、ただでさえ冷酷だったフェリの顔からゆっくりと感情の全てが削げ落ちていき、睨みを利かせるだけで人ひとりくらい殺せそうな視線を向けてくる。

慌てて訂正する俺の挙動不審具合に、手で口を押さえてぷぷぷと笑いを堪えるラティファが視界に映り込んだが、そんな事を気にしている場合ではない。

「……まぁ、あれだ。騒がしい場所は好きじゃないんだよ」

随分と前に、誰かにその話をしたような気がするが、一体誰にしたんだっけか。

考えてみたものの、思い出せる気配はこれっぽっちもない。

「というか、落ち着かない」

どうせ、参加していたところでロクに口は開かなかっただろうし、会議の途中にもかかわらず場を後にしていた可能性だってある。

だったら、ハナから欠席しておいた方がいいじゃないかと、俺は無茶苦茶な言い訳を重ねる。

「……ですが」

貴方は言い訳を重ねれば逃れられる立場ではないのだ。そう指摘しようとするフェリの発言を遮るように、俺は包まっていた布団の中に逃げ込んだ。

「……ラティファ」

「承知いたしました！　任せてくださいっ‼」

怒りの感情が込められたフェリの冷ややかな声に、めっちゃノリノリに声を弾ませるラティファの返事が続く。そして程なく、がしりと布団の端を掴まれ、グイッと思い切り引っ張られる。

その行為で否応なしに悟った。

このクソメイドは俺から布団を奪う気なのだと。

「……お、まっ！」

奪われまいと慌てて力を込めるも、引き剥がしにかかるラティファの力が尋常じゃなく強い。

たまに発揮されるこの膂力の強さは、ハッキリ言っておかしいで済む範疇を超えている。

というか、主人である俺の命は聞かないくせに、フェリの命は毎度二つ返事で請け負うこのクソ具合は、最早清々しさすら感じる程だ。

「やめろ！　俺の布団が破れたらどうしてくれるんだ‼　多分これお前の給金より高いぞ‼」

「殿下の身の回りのものは全て私が買い揃えてますからそんな嘘は通じませんよ……‼殿下には良い布団と言ってお渡ししましたが、ぶっちゃけこれは安物です‼」

びりっ、と破ける音と共に衝撃的な事実が告げられる。

「とっとと観念してください‼」

びりびりという布団の悲鳴に続き、俺の悲痛の叫びも自室いっぱいに響き渡った。

「あああああああああ!?」

布団を奪われたので致し方なしと、毎度お馴染み窓から脱出を試みようとするも、ラティファにガシリと捕縛された。

明日の〝連盟首脳会議〟には参加するという言質を取るまで帰りません、と意固地になるフェリ相手に無言を貫く事数分。

「――で、これはどういう状況なんだ?」

何か用でもあったのか、俺の部屋を訪ねてきた人物――グレリア兄上が、苦笑いを浮かべながらフェリに疑問を投げかける。

「殿下があまりにごねるので、我慢比べ、といったところでしょうか」

「なるほど。それはファイが悪いな」

救世主のように見えた兄上だが、どうにも俺の味方はしてくれないらしい。

「参加するだけでもいい。一度くらいは顔を見せてくれると助かる。流石に、国内にいて参加しないとなると、ディストブルグは何かを隠してるんじゃないかと不信感が芽生える。それは避けたいんだ」

「ぐ……」

思いもよらない強敵の出現に、俺は眉根を寄せる。

グレリア兄上は、昔から特に俺の事を気に掛けてくれた家族の一人。流石にそんな兄上の言葉を無視するわけにはいかない。

「……わ、分かりました」

それに、顔を見せるだけでいいと言ってくれている。

だったら、出るだけ出て、置物の如く沈黙を貫こう。それでなんとかやり過ごすんだ。

そう自分自身を励ます一方、「私達の言う事は全然聞かないくせに……！」というラティファの不満は当然のように聞き流す。

フェリの言う事を聞く日はあっても、ラティファの言う事を聞く日だけは、考えるまでもなく一生ない。

心の中で、そう告げておいた。

「ところで、兄上はどうしてここに？」

フェリ達に頼まれて俺の説得に来たのかと一瞬思ったけど、それにしては二人の反応が新鮮だった。

「あー、それなんだがな。ファイに会っておきたいって人がいたから、ここまで案内してきたんだ」

グレリア兄上に直々に案内させてしまうとは……そう罪悪感を覚えた直後。

「言っておくが、案内はオレが買って出た事だ。だから、謝罪はしなくていい」

先んじて、笑い交じりにそう言われる。恐らくは俺の顔に出ていたのだろう。

フェリも俺同様何か言おうとしたようだったが、そう先手を打たれてはもはや口を挟めないようで、口を真一文字に引き結んでいた。

「それじゃあ、オレは戻るから。後は仲良くな」

背を向け、ひらひらと軽く手を振りながら、グレリア兄上が部屋を出ていく。

それと入れ替わるように、新たな人影が視界に入ってきた。

そして、聞き覚えのある声が響く。

「話には聞いていたけれど、本当にグータラな生活をしているのね」

荒れに荒れた俺の自室の惨状を目にしながら、面白おかしそうに彼女は言った。

「——お久しぶりね。ファイ王子」

そう、旧知の友にでも会ったかのような調子で俺の名を呼んだ人物は、いつか俺が〝猛進するイノシシみたいな王女〟と評したアフィリスの姫殿下——

メフィア・ツヴァイ・アフィリスであった。

# 第二話　リヴドラ

「……なんであんたがディストブルグに……って、あぁ、そうか〝連盟首脳会議（クーリア）〟か」

どうしてアフィリスの人間がこの城にいるんだ、と一瞬俺の頭上に疑問符が浮かぶも、それはすぐに霧散（むさん）する。

〝連盟首脳会議（クーリア）〟の参加国の中にアフィリスも含まれていた事に思い至（いた）り、自己解決した俺は、久方振りに顔を合わせた知己（ちき）を見て呟（つぶや）いた。

「……にしても、今度はちゃんと本物だな」

以前、帝国の〝英雄〟――『幻影遊戯（げんえいゆうぎ）』イディス・ファリザードがメフィアに化けていた事もあって、つい、そんな言葉をこぼしてしまう。

「……本物？」

「あぁ、いや、悪い。ただの独（ひと）り言（ごと）だ」

耳聡（みみざと）く俺の呟きを拾ったメフィアが不思議そうに首を傾（かし）げたものの、俺は気にするなと話題を変える。

「それで、わざわざここに来たって事は、俺に何か用でもあるのか？」

メフィアの側に、アフィリス王国の国王であり、彼女の父であるレリックさんの姿が見えないところからすると、彼から何か言伝でも頼まれているのだろうか。

が、メフィアは俺の問いに対し、左右に一度、軽く首を振った。

「いいえ。特には。今日はただ、こうしてディストブルグに来たのだから、知己に挨拶ぐらいしておこうと思っただけよ。もしかして、そう思うのは不自然だったかしら？」

「……そうかよ」

律儀なこって。

そんな感想を抱きながら、俺は投げやりに言葉を返した。

その適当具合に、他国の王女に対してなんて対応をしているのだと、フェリから責めるような視線が飛んでくる。

しかし、メフィアが仕方なさそうに笑っていたからだろう、これといってお咎めはなかった。

「もしかして体調でも悪いんじゃ、とも思っていたけれど、その様子だと杞憂だったみたいね」

王子という立場にある人間が、各国の代表が集まる大事な集まりにもかかわらず無断で欠席し、挙句に部屋で惰眠を貪っていたとは夢にも思うまい。

「でも良かったの？〝連盟首脳会議〟を欠席しても」

「いいんだよ。別に俺一人、いてもいなくても変わりゃしねえ……ん、だから……た、多分」

最後まで言いかけたところでフェリとラティファから思いっきし睨まれたので、言葉尻を慌ててボカす。

「……まぁ、実際に参加するかどうかは置いておいて、俺が積極的に会議に出る事はまずあり得ねえよ。そうする理由がどこにもない」

面倒臭いから、というのも勿論理由の一つだ。

ただ、俺がそう答えた最たる理由は、〝真宵の森〟での一件にある。俺に協力関係を持ちかけてきた帝国所属の〝英雄〟――コーエン・ソカッチオのあのひと言に。

『――お前が〝異形〟と呼ぶ化け物だが……それを生み出したであろう張本人は既に死んでいる。いや、死んだも同然の状態、が今はまだ正しいか』

全てが終わった後、約束を果たすと言って奴から告げられたのは、そんな不可解な言葉であった。

張本人が死んでいるのならば、どうして俺の目の前にこうも次々と〝異形〟が現れるのか。

それに、お前は張本人が死んでいると知っていて俺に協力関係を持ちかけたのか、と怒りを含ませた言葉を浴びせようとしたところに、コーエンが続ける。

『呑まれた。そう言えば理解できるか？　ファイ・ヘンゼ・ディストブルグ』

直後、頭が真っ白になった。

そして、ゆっくりとその言葉の意味を理解していく。

前世の俺が〝異形〟という存在をひたすらに追い続けた人間であるからこそ、アレの異質さは誰よりも分かっていた。それ故に、そいつは最早廃人同然の状態だ』

『足を踏み入れ過ぎた。分かっていたからこそ。

……嗚呼、そういう事かよ。

素直に、そう納得する事ができた。

……俺が前世で最後に目にした〝黒の行商〟も、俺が殺した時には既に、人の姿をしているだけの、ただ『救済を』とひたすら呻くだけの人形に他ならなかったから。

『だとしても、俺は〝異形〟を生み出した張本人を殺すぞ。誰であろうと関係ない。廃人になっていようと、斬り殺す。そいつはそれだけの事をしでかしたんだ。そこに妥協はない』

『だろうな。あえて心の中を読まずとも、お前の目を見ればそれくらい分かる。安心しろ。

おれはお前を止める気はない。悪は討ち果たされるのがこの世の常だからな』

だから、殺したいなら遠慮なくやってくれ、と。歴史の探究者であるコーエンは笑いながらそう口にした。

『ただ、殺しに向かうにせよ、あのエルフだけは連れて行くな。これは、お前を試した事に対する謝罪代わりの忠告だ』

『……元々連れて行く気はねえよ』

『それならいいんだがな。アレが〝異形〟に変えられたならば、相当骨が折れるぞ。何せ、〝異種族排他〟なんて政策が帝国で掲げられた理由は、異種族をもととして作り上げた〝異形〟が強力であるからだ。降霊なんて真似ができる異種族が〝異形〟に変えられてみろ。きっと間違いなく――』

『――うるせえ』

そんな会話の記憶が一瞬にして蘇った。

俺が強引に会話を打ち切った理由は、フェリを連れて行けば間違いなく〝異形〟に変えられる未来しか待っていないと、コーエンが断じたから。

お前には守り切れやしないと、言外に指摘していたからだ。

……そして、その指摘が正しいと分かっていたからこそ、俺は無理矢理に彼の発言を遮ってしまったのだろう。

もし仮に、俺が一人であったならば、何一つ問題はないはずだ。しかし、守らなければいけない人間が一人でもいた瞬間、それは呆気なく瓦解する。

もし、今回の〝異形〟を生み出した張本人があの〝黒の行商〟と似たような能力を保持していた場合、誰かを守るなんて事はできるはずがない。

一人で戦うのと、誰かを守りながら戦うのとではまるで違う。

だから、俺は言うのだ。

万が一にも、俺が張本人を殺しに向かう時にフェリがついてくる事がないように。本心をひた隠しにし、いつも通りを装って。

帝国などどうでもいい、と。

「参加する理由がどこにもないって、貴方ねえ……」

俺の発言に対し、メフィアは心底呆れ返っていた。

「貴方、つい先日、城で襲われたばかりなんでしょう？　それにその傷も、転んでついたものでもあるまいし」

先日、食堂で刺客と斬り合った挙句、最後は自爆をされたせいで城の一部は改修中。そして〝真宵の森〟での戦闘による傷は未だ完治（かんち）しておらず、俺の体にはところどころに包帯が巻かれている。

「……なんでその事を知ってんだよ」

「貴方のお兄さんから聞いたのよ。どこかに出掛けるたびに傷をつけて帰ってくるから、気が気じゃないって。私からもなんとか言ってくれって頼まれたの」

なるほど。それもあってグレリア兄上がメフィアを案内してきたのかと合点（がてん）がいく。

……そして、言われてみれば確かに、アフィリスにリィンツェル、〝真宵の森〟と、ここ最近はどこかに出掛けるたびに傷をつけて帰ってきている気がする。

「……貴方が強い事は知ってる。だけれど……」

「あーあー、分かった。分かった。分かったからお前までそれを言うな」

フェリにラティファ、そしてグレリア兄上に続いてお前もか。なんて思いながら、俺は投げやりに返事をし、メフィアの発言を遮った。

「……心配せずとも、明日の〝連盟首脳会議（クーリア）〟にはちゃんと参加するし、必要以上に無茶をする予定もねえよ」

ついさっき強制的に言質を取られたし。と、胸中で吐き捨てる。

ただ、やはりどう考えても、俺一人が参加したところで何かが変わるとは思えなかった。

そんな考えがもろに顔に出ていたのだろう。

「……心配なのです」

ここまで黙って俺とメフィアのやり取りを眺めていたフェリが言う。

「殿下は言っても聞いてはくれませんから。なので、せめて帝国の危険性をちゃんと知っておいてもらいたいんです」

……俺が暴走する事を前提とした物言いに、何か反論してやりたくもなったが、心当たりしかないので黙っておく。

下手に抗議したところで、言い負かされる未来しか待っていないだろう。

「それに、殿下が〝異形〟と呼ぶあの化け物と相対した事のある者から、新たな情報を得られる可能性だってありますし」

その言葉を耳にして、思わず目を見開いてしまう。

けれど、すぐに冷静さを取り戻す。

確かに、〝異形〟と相対した事のある人間が俺以外にいたとしても、なんらおかしくはなかった。というより、俺以外にいない方がおかしい。

〝真宵の森〟で出会ったコーエンやエレーナの話を聞く限り、帝国の矛先はディストブルグだけに向いているわけではないようだ。

しかし同時に、下手を打ったと奥歯を若干噛みしめた。帝国に興味がない姿勢を見せようとしていたはずなのに、〝異形〟と聞いた途端、こうしてあからさまに反応してしまっている。

やがて、フェリが再び口を開く。

「その者の名は、リヴドラ。ちょうど〝連盟首脳会議〟にも参加している、獣人国の王子殿下です」

おそらくは、〝異形〟にただならぬ執着心を抱く俺の内心を彼女が知っていたからこそ。

そんな言葉が、続いた。

# 第三話　花屋にて

フェリのその言葉の直後。

どうしてか、メフィアの表情が明らかに険しくなった。

「……王家の血筋の方であれば、彼に対してそのような反応をされるのが当然でしょうね」

だがフェリにとっては、メフィアの反応は想定の範囲内であったのか。

彼が〝連盟首脳会議〟に参加しているという事実に憤慨していた人間は、一人や二人ではありませんでしたから——フェリは苦笑いを浮かべながら、言い辛そうにそう言葉を続けた。

「……？」

世情に疎い俺からすれば何がなんだか、訳が分からず眉を顰める。

「リヴドラは、王族という地位を買った人物です。〝英雄〟と呼ばれる己の力を貸す、という約束と引き換えに」

「そりゃまた、変わった奴もいたもんだ」

俺は抱いたままの感想を吐露する。

王族の地位を捨てさえすれば平穏に過ごせるならば、諸手を挙げて捨ててみせる俺にとって、そのリヴドラという奴の考えは理解の埒外にあった。

「……はい。ただ、それだけならまだ〝変わった奴〟程度で済んだでしょうが、ことリヴドラに関しては看過できない悪い噂も多くありまして」

「例えば？」

「……義兄にあたる第一王子ガザレア殿下を殺した——などです」

軽い気持ちで尋ねてみた結果、予想を大きく上回る内容に、俺は思わず閉口してしまう。

「だから、王族という立場にある人間は誰もが彼を嫌悪しています。王族の地位を貶めた事にとどまらず、あまつさえ正統な王位後継者であった義兄を私利私欲の為に殺したような輩（やから）などは存在すら認識したくない、と」

しかし幾（いく）ら地位を買ったとはいえ、王族に迎（むか）えられた以上、誰がなんと言おうと彼は王族である。それに当の獣人国にしても、その交換条件として〝英雄〟と呼ばれるだけの力を手にしたのであれば、それを不用意に手放したくはないだろう。

……実際に見聞きしたわけでもないのに、彼の周囲にいる者達の思惑（おもわく）が透（す）けて見えた。

「だろうな」

けれど、ただ一つ。

少しだけ引っかかる点があった。

リヴドラについてではない。

フェリの考えについてだ。

俺に対して過保護（かほご）の三文字が服を着て歩いているようなフェリがどうして、そんな奴に会いに行く事を推奨（すいしょう）する物言いをしたのだろうか。話を聞く限り、彼の危険性を知らないわけではないだろうに。

俺にはその意図が分からなかった。

リヴドラの名を出した際に、彼女らしくないぎこちなさをどことなく感じたけど、それを問い詰（つ）める気は更々（さらさら）ない。何故（なぜ）なら俺は、言いたくない事を聞き出そうとする気などこれっぽっちもないから。

「その話が本当なら、俺だって関わりたくねえよ。あーあ。そんな物騒な奴がいるんなら、俺は部屋に引きこもって自分の身を守らなきゃいけねえかなあ——」

なんて。

彼の名が出た途端に少しだけ張り詰めてしまった空気を和ませるべく、そして怠惰に過ごしたいという願望を口にしてみたものの——

「ですが、帝国憎しという彼の感情に嘘偽りはありません。だからこそ、〝連盟首脳会議〟に出向いたのでしょう」

「…………」

まるで、俺という存在はいないのではと錯覚してしまいそうなくらい、フェリに見事なガン無視をされてしまった。

願望の内容がダメ過ぎたのだろう。

「……冗談だっての。でも、怖い怖くない関係なしに、俺はそいつと進んで会う気はねえよ。知りたい事は、もうどこぞの考古学者から全部聞き出してるし」

俺が欲しかった情報は、既に〝真宵の森〟で得ている。そしてフェリに心配されずとも、〝異形〟の危険性は誰よりも俺が理解している。帝国の危険性も、同様に。

何より、俺は気心の知れた人間以外と関わりを持ちたくはないと思っている。

だから、そのリヴドラと会う気も、会う理由も、何もかもがない。

故に、俺は首を横に振った。

「考古学者……コーエン・ソカッチオですか」

すると、フェリの眉間に皺が寄る。

あのコーエン・ソカッチオの言葉を信じるのはいささか軽率過ぎるのでは、と言いたげな表情だった。何せ、彼は帝国側の人間であったはずだから。

でも、俺の考えは違う。

「案外、ああいう奴の方が信頼できるもんだ」

それにコーエンは、帝国の〝英雄〟である『氷葬』グリムノーツ・アイザックと俺との戦闘の際、傍観に徹していた。

俺としては、コーエンがグリムノーツに助力したとしても負ける気は更々なかったが、それはそれとして。

帝国側の事情はそう単純ではない。『逆凪』と『氷葬』という〝英雄〟が二人も失われ、かつ元々周囲からの信用度が低かったコーエンだけが生き残ったとあっては、彼がそうなるように裏切り者扱いを受ける可能性は極めて高い。

とすれば、コーエンが己の生き甲斐である歴史の探求を続ける為には、首謀者を俺に伝えて倒してもらう事こそが、奴にとって最善手と考えて間違いなかった。

だから恐らく、嘘はついていないだろう。

……厚意（こうい）から差し伸（の）べられた手よりも、打算に満ち満ちた手の方が余程信が置けてしまう己の捻（ひね）くれ具合に、少しだけ嫌気（いやけ）が差した。

「まぁとにかく、グレリア兄上と約束した以上は〝連盟首脳会議（クーリア）〟にちゃんと参加するし、心配いらねえよ」

だから、リヴドラなんて餌（えさ）を吊（つ）り下げずとも心配いらねえとだけ告げて、俺は腰掛けていたベッドから立ち上がる。

「て事で、ちょっと外を歩いてくる」

引き続きこの三人と同じ空間にいては、何かにつけて俺が責められるであろう事は明らかであったので、逃亡を決め込む。

幸い、〝連盟首脳会議（クーリア）〟に参加を求められていた手前、一応服装は外着だ。このまま外に出ても問題はなかった。

「それじゃ」

たまには一人でのんびりと行動したかった俺は、ドアから出てはフェリかラティファがついてくる可能性が高いと判断し、またお馴染みの窓を開け、そこから身を乗り出す。

何やらメフィアの呆れ交じりの声が聞こえたような気もしたが、それに構っている暇（ひま）はない。

さて、どこで昼寝をするか。

など考えた時。

「――殿下」

底冷えのするようなフェリの声が、俺の鼓膜(こまく)を揺(ゆ)らす。

決して大声ではなかったはずなのに、何故かその声からは身の毛が残らず逆立(さかだ)ってしまう程の圧が感じられた。

このまま無視をするという選択肢も一応あるにはあったが、それはリスク・リターンが見合っていなさ過ぎる。

俺は、足を止める他なかった。

「私もすぐそちらに参りますので、少々お待ちください」

「…………」

直後、「ラティファ、殿下の事を見張っててください」などという言葉も聞こえてくる。

どうやら、俺に単独行動は許されていないらしい。

最早、メイドというより見張り役である。

……こうなったのも、ある意味自業自得(じごうじとく)といえば自業自得なのだが、俺はため息を漏(も)らさずにはいられなかった。

フェリを隣にしながら、庭に赴いて昼寝をするなどと言おうものならば、雷が落ちる事間違いなしである。仕方なく俺は、少し時期は早いけれど部屋に飾ってある花を変えておくかと考え、知人のウォリックが経営する花屋を訪れていた。

俺が訪ねる時は決まって閑散としている花屋であったが、今日は珍しくドア越しに人気が感じられた。

「――花屋はいるか」

お決まりの言葉と共にスライド式のドアを開けようとしたところで。

「……殿下。私は外で待たせて頂きます」

フェリが何故か気まずそうな表情を浮かべながら、そんな発言をした。

花屋か花そのものに苦手意識でもあったのだろうか、などと思いつつ、「そうか」とだけ返して俺は店へ足を踏み入れた。

中には見知った顔のウォリックと、もう一人――長椅子に腰掛ける、黒の帽子を被った痩躯の男。

「これはこれは。ファイ王子殿下」

もう何度となく行ってきたウォリックとのやり取り。けれど、今日は少しだけ、その決まり切ったはずのやり取りに変化があった。

「お客人がお見えになられてますよ」

「……お客人？」

そう言われ、俺の視線は花屋に居合わせたもう一人の人物へと向かう。

「……勘違いじゃないか？」

不躾にならない程度に一瞥した後、俺が口にしたのはそんな言葉。

「いえ。このお方は間違いなく、ファイ王子殿下に会いに来たと。そう仰ってましたよ」

「…………」

そう言われてもう一度だけ視線を向けるが、やはりその女受けしそうな端整な相貌に心当たりはない。

「俺は今日、誰とも会う約束はしてねえし、そもそもそこにいる奴の事を俺は知らない」

〝ど〟が付く程に交友関係が狭い俺の場合、昔の知り合い、という線もあり得ない。

加えて、花屋で待っているという点もあまりにおかしい。

隠しているつもりはないが、俺がこの花屋に時折来ている事を知る人物はごく一部だし、そもそも、今日ここに来ると決めたのはついさっきだ。普通、王子に会いたいのならば王城に向かうだろうに、あえてここに向かった意図が皆目見当もつかない。

その時、男が口を開いた。

「――確かにキミの言う通り、おれとキミはこれが初対面だ。だけど、キミとは一度話し

ておきたくてね。ま、戦闘能力だけが〝英雄〟の能じゃないって事さ」

「…………」

〝英雄〟。

その言葉に、どこか覚えのある嫌な予感がする。

内容から察するに、黒帽子の男が〝英雄〟絡みの人物であるのは間違いない。

……ただでさえ、最近は働き過ぎてるっていうのに、これ以上の面倒事は御免だ。

胸中でそんな言い訳をこぼし、回れ右をしたい衝動に身を委ねかけたものの、あえて花屋を選んで押しかけてきた黒帽子の男から逃げられる気はしなかった。

「〝霊山〟の巫女はおれに会いたくないらしいけど、まぁいいさ。今日おれが会いに来たのはキミであって、彼女じゃあないからね」

〝霊山〟という言葉には聞き覚えがなかったが、巫女という言葉の方には、若干の心当たりがあった。

「キミは、〝連盟首脳会議〟なんて場を設けられようとも、まともに口を開く気はないんだろう？」

極め付きが、〝連盟首脳会議〟。

なんとなくだが、黒帽子の男の正体が見えてきた。

「だから、こうして押しかけさせてもらった。キミと話をしたいというおれの願いを叶えるならば、こうするのが一番確実だろうからね」

彼の言う通り、俺は〝連盟首脳会議〟に参加しようとも意欲的に発言をする気は更々なかった。銅像の如く口を閉じて時間が過ぎるのをただただ待ってやろうと、そう考えていた。

「単刀直入に、尋ねたい」

言った直後、男がほんの少し俯いた事により、帽子のツバで表情が隠れる。

「なんでキミは、帝国の〝英雄〟を全員殺さなかった？　なんで、殺せたはずのコーエン・ソカッチオをみすみす見逃した？」

あまりに唐突過ぎるその問いのせいで、俺の表情もつい、引き締まる。

……その事実を知っているのは、あの戦いの場にいた人間のみ。フェリ、ラティファ、そしてコーエンとエレーナだけだ。

しかしいずれも、吹聴するような人間ではない。

目の前の男はどうやってそんな事を知り得たのか、と疑念が湧き上がる。

けれど、男は俺の返事を悠長に待つ気はないらしい。

「……悩む程の質問じゃあないだろう？　早く答えなよ。返答次第では、おれはキミを殺さなくちゃいけなくなるからさ」

急き立てる言葉に込められた感情は、憤怒だろうか。

帽子のツバに隠れて表情ははっきりと読み取れないが、震える声音から、彼の内心が穏やかでない事は分かった。

「……いきなり過ぎて話が上手く理解できないんだが」

「帝国に与している者は、たとえ誰であろうと例外なく殺す。それがうちのやり方でね」

どうやら、彼は俺が帝国と通じているのではないかと考えているらしい。

で、疑わしい俺にこうして接触した、と。

〝異形〟を生み出している連中に与するくらいなら死んだ方が万倍もまし。そう言ってやりたかったが、それで納得してくれるような輩であれば、きっとこんな事態には陥っていない。

「……そうかよ。そりゃご立派な方針だ」

降って湧いた災難に、思わずため息をつきたくなった。

……だから俺は、静かに部屋に引きこもっていたかったんだよ。

## 第四話　観測者

「でもそれは、あんたの方針であって、間違っても俺の方針じゃない。俺は俺の考えに従ってアイツを見逃した。ただそれだけだ」

俺を天秤に掛けこそしたものの、コーエンは一度として俺に刃を向ける事も、俺の周囲の人間を傷付ける事もしなかった。だから——

『お前のような立場の人間が、本当におれを見逃してもいいのか？』

去り際に、念を押すようにそう尋ねてきたコーエンに俺は、『そんなに捕まりたいのなら、面倒だがディストブルグの牢獄に連れていってやるぞ』と言って、追い返した。

誰もが勘違いをしているが、そもそも、間違っても俺は誰でも彼でも殺せるような人間じゃあない。前世では周囲から心が弱いと言われ続け、人を殺すという行為に最後の最後まで疑問を抱き続けていたような人間だ。

それを今生も尚引きずっている俺は、たとえ帝国の人間であろうと、必要がなければ殺さない。そんな、当然といえば当然の考えを持っていた。

「誓って、他意はない」

黒帽子の男にどう捉えられようが構わない、というのが本音であったが、それでも〝異形〟を生み出した連中と同類と思われるのは腹立たしかったので、一応否定はしておく。

「そもそも俺が帝国に与してるのなら、城で襲われる事も、『氷葬』みたいな戦闘狂と戦う事もなかっただろうよ」

疲労感を滲ませながら、俺は続ける。

「最後まで手を出してこなかった人間を殺さなかっただけで、帝国の仲間扱いだ？　随分と横暴だな。こっちは堪ったもんじゃねえよ」

むしろ、本当に俺が帝国に与している人間であったならば、逆にコーエンを殺していた事だろう。

帝国最強だという『氷葬』をではなく、『心読』と呼ばれる頭の中を覗く能力を持つ信頼できないコーエンこそを、この機会に殺していたはずだ。しかし、そうはしなかった。

「知ってるだろうが、俺はディストブルグの〝クズ王子〟。そもそも〝英雄〟なんてもんは柄じゃねえし、叶うならば部屋にこもって布団に包まっていたいだけの人間だ。そんな俺が、何が悲しくて帝国に味方しなきゃいけねえんだよ」

ファイ・ヘンゼ・ディストブルグとして生きてきた十四年間。一日のぶれすらなく、その考えを持ち続けてきた。それは事実だ。

心を読めるコーエンのような相手でない限り、こうして事実ではあるが同時に表向きの理由で説明するのが一番だろう。

「……確かに、〝連盟首脳会議〟を欠席してまで呑気に惰眠を貪っていた人間が、帝国に与しているとは考え難い」

……なんでそれをあんたが知ってんだよ。

胸中で抱いた疑問を言葉にして投げつけてやりたかったが、話が進まないのは面倒だったので、半眼で睨み付けるだけに留めておく。

「だけど、その年齢であれ程の戦闘能力。加えて、キミには帝国の血が流れていると聞く。ここまで条件が揃っていれば、疑わない方がおかしいとは思わないかな」

つまり。

年齢にそぐわない戦闘能力は、帝国が生み出した〝異形〟のように、何かタネがあるのでは。

この男はそう邪推しているという事だろうか。

――こいつは俺にとって所詮、ただの他人。明日には忘れているかもしれないような存在だ。だから、言葉に耳を貸す必要なんてどこにもない。いかに腹の立つ言動であろうと黙殺すればいいだけ。

頭ではそう分かっている。

ただ、〝異形〟と己を同列に語られる事はそれでも看過し難い。これ以上こいつの言葉を聞いていると、手が出てしまう可能性すらあった。

「……俺は要求通り、あんたの質問に答えた。これで満足だろ。とっととどっかいけ」

「いいや。その答えじゃあまだ信用はできない。だから――」

「――いい加減にしてください。リヴドラ」

俺でもウォリックでもない、新たな声の介入。

それは、外で待っていると言ったはずのフェリの声だった。

「おっと。てっきり、キミはおれの前には出てこないものと思ってたよ、〝霊山〟の巫女」

ドアを開けて顔を覗かせたフェリに向かって、黒帽子――リヴドラと呼ばれた男が言う。

――そうか。こいつが、獣人国の王族の地位を買った男か。

「……ええ。私は貴方と会うつもりはありませんでした……何をそんなに苛立っているんですか。殿下が帝国に与していない人間である事は明らかでしょうに」

なのにどうして、そうまで執拗に問い詰めるのだと、俺に代わってフェリが言う。

「苛立ち、ね。ああ、うん。そうだ。そうだとも。キミの言う通り、おれは苛立っているとも」

程なくして、男の表情を隠していた帽子のツバが上がる。彼の瞳はドロリと濁っているもののどこか薄らと煌めいており、それは正気でないと形容するのが相応しいものであった。

「〝連盟首脳会議〟なんて大層なものを開催したにもかかわらず、集まったのは弱腰の老人ばかりだよ……なんで分からない。時間をかければかける程、被害が大きくなると。死人が更に増えると何故分からない。迎撃態勢を整える？　……帝国から攻められた時には既に手遅れだと何故分からない。何故誰も理解しようとしない」

リヴドラの言葉は正しく悲鳴だった。

心からの絶叫だった。

「そりゃ苛立ちもするさ。おれはてっきり、帝国を攻め滅ぼす段取りを組む為に呼ばれたものだと思ってたんだからね」

だが、蓋を開けてみれば、守勢に回る事しか考えていない弱腰連中の知恵袋扱い。

怒るのも当然だろう？　と、リヴドラは言う。

「その矢先に、コレさ。ディストブルグの王子が帝国の〝英雄〟を逃したと、『観測者』から情報が来た。怒りをぶつけるなという方が無理な話だとは思わないかな」

「……『観測者』？」

聞き慣れない単語に疑問符を浮かべる俺に、フェリが補足する。

「獣人国の〝英雄〟です。確か、名はミラン。彼女が持つ圧倒的な情報量故に、『観測者』と呼ばれています」

——戦闘能力だけが〝英雄〟の能じゃない。

……なるほど。さっきの彼の言葉はそういう意味だったかと理解した。

俺が花屋に来る事も、コーエンを逃した事も、全てその『観測者』と呼ばれる人物から聞いた、と。

「……ですが彼女は、誰に対しても協力的ではなかったはずです」

にわかにフェリの表情が険しくなる。

「く、はっ、ははは……〝霊山〟の巫女殿は一体何年前の話をしているのやら。彼女が非協力的だったのは、五十年以上も前の話だ。キミがディストブルグに匿われたあの日から、一体どれだけの同胞が帝国に殺されたと思ってる。頭の固かったミランですら、考えを覆さざるを得なかったんだよ」

「…………」

その言葉に、フェリは閉口した。

「知らないだろうが、ミランの奴も帝国の連中に故郷を滅ぼされたんだ。おれやキミと同じく、ね。だから、彼女は協力的になった。帝国を滅ぼす為なら協力を惜しまない、と」

なんらかの理由があって、フェリがディストブルグに身を寄せている事は知っていた。

だけれど、それが故郷が滅ぼされたからだとは知らなかった。耳にしたその事実に、俺は複雑な感情を抱いてしまう。

やがて、リヴドラは長椅子から立ち上がり、言った。

「どれだけ帝国が危険な存在になっているのか。少なくともキミ達は、あの老人共よりはよっぽど理解しているはずだ」

俺の場合は、〝異形〟と戦い、〝英雄〟と戦い、紛れ込んでいたスパイであった騎士の男に殺されかけた。

フェリに至っては、故郷を滅ぼされている。

「なのに何故、声を上げない」

きっと、リヴドラの俺に対する怒りの出どころは、そこにあったのだろう。

危険性を理解しているはずなのに、どうして今すぐに国王にそれを伝え、帝国に攻め入る手はずを整えないのだ、と。

簡単な事だ。

——〝異形〟が今も存在しているという事実は、他でもない俺の不始末。だからこそ、その尻拭い(しりぬぐい)は俺がやる。遠い昔に誓ったように、〝異形〟は全て俺が殺し尽(つ)くす。

だから、他の誰かを巻き込むなんて手間をかける気はなかった。それだけの話だ。

「逆に聞くが、声を上げてどうなるよ？　〝クズ王子〟と悪名高い俺と、一介のメイドでしかないフェリが声を上げて、一体どうなるよ？」

一部からは〝英雄〟扱いを受ける俺だが、〝クズ王子〟という蔑称(べっしょう)の方が未だ馴染みは深い。そんな奴が〝帝国は危険だから今すぐ攻めるべきだ〟などと言ったところで、不必要に国を割るだけだろう。

そして何より。

「復讐(ふくしゅう)がしたいなら、あんたの掲げる信念とやらに共感してくれる奴だけで勝手にやってろ」

恨(うら)む理由は分かる。

憎悪を燃やす気持ちも分かる。

たった一度の理不尽で全てを奪われた者の気持ちは、これでも分かっているつもりだ。

かつての俺自身が、そうであったから。

けれどだからといって、仲良く手を取り合い、みんなで一緒に打倒帝国を掲げて――はい、めでたしめでたし……間違いなく、そんなに上手く事は運ばない。

何より、ディストブルグにさえスパイがいたのだ。他国にもそれなりに潜んでいるだろうし、多くの兵を動かすとなればそれだけ隙が生まれる。

声を上げる事はすなわち、王に死ねと言うようなものだろう。

学のない俺ですら、それは理解できる。

故に、にべもなく吐き捨てた。

どうしても今すぐ攻めたいのなら、あんたらだけでやってろと。

「…………」

無言のリヴドラが、俺からフェリへと視線を動かす。

その視線は、キミの考えも同じなのか、と問い掛けていて。

しかし、何を思ってか、フェリはそれに言葉の一つも返さなかった。

「……まぁいいや。今回は〝霊山〟の巫女に免じて見逃すよ。ただ、死にたくないなら、不審な動きは見せない事だね」

〝異形〟を殺し尽くせてもいいねえのに、大人しく死んでやるつもりはねえよ。

そう言い返してやりたくもあったが、これ以上話が長引くのも、彼の顔を目にするのも勘弁願いたかったので、黙っておく。

「にしても、水竜の奴も実に哀れだ。一族の者達が命懸けで守った巫女が、こんな腑抜けだったなんてさ。連中も、あの世で悲嘆に暮れてる事だろうね」

すれ違いざまにそんな捨て台詞を残して、花屋を後にするリヴドラに対し――

「……面倒くせえ奴」

俺はそう言わずにはいられなかった。

## 第五話　ちっぽけな変化に

心に余裕がない、とでも言うべきか。リヴドラには、誰も彼もが敵に見えているのだろう。

「――まるで狂犬だな」

俺がそんな感想を漏らした直後。どうしてか、罪悪感に押し潰されているかのような険しい表情を浮かべるフェリから、謝罪の言葉がやってくる。

「……申し訳、ありません」

「なんであんたが謝るんだよ」

明らかにフェリ自身も敵視され、罵倒に近い言葉を投げ付けられていたにもかかわらず、彼女が俺に謝る理由が分からなかった。

「一応、あれでも私の知り合いですので」

何度も〝霊山〟の巫女と呼びかけてきたのだ。彼とフェリに面識がある事は、当然ながら俺にも既に分かっていた。

「……昔はもっと、優しい人だったんですけどね」

そう言うフェリの表情には、憂愁の影が差していた。

近しい人間が死ねば、誰だって変わってしまう。それでも尚、周囲に気を配れたり、心情を隠し通せたりする者は、心が強いのだ。

たったそれだけの事。

「だから、殿下の力になってくれると、そう思っていたんですが……」

「その割に、随分とあいつを避けてたな」

そう言って俺は小さく笑う。

そして、知己であり、頼れる人間と認識していたなら、花屋の外で待つと言ったのはどうしてなんだよ、と続けて問い掛けてみる。

「優しい人であった事は確かなんですが、なにぶん好戦的な人だったので、私は顔を合わせない方がいいと思ったんです」

ディストブルグに身を寄せて、復讐なんてものとは程遠い生活を送っていた自分の事は特に嫌っているだろうと理解していたから、とフェリは答えてくれた。

「……嗚呼、そういう事かよ」

確かに、先程の短いやり取りからだけでも、フェリとリヴドラの性格は合わないだろうなと感じ取れた。

争い事を好まない性格のフェリが、できる限り顔を合わせないようにと気を回すのは、至極納得できる。

「……悪いな、花屋。面倒事に巻き込んで」

そして俺は、すっかり蚊帳の外となっていたウォリックに視線を向け、謝罪を一つ。

「いえいえ。私は客人をお招きしたまででございます。それにうちは元々客足が少ないので、営業に差し支えもありませんでしたし。どうぞ、お気になさらず」

「助かる」

「……それにしても、あのお方はリヴドラ王子殿下であらせられましたか」

ほんの少しばかり名残惜しそうに、リヴドラが出ていったドアを見つめるウォリック。

「あいつを知ってるのか？」

「私は、ディストブルグに来る前はリィンツェルで商売をしていた。以前、そうお話ししましたよね」

「ああ、それは聞いた」

「そして、リィンツェルの前は、獣人国で商売をしていたんですよ。リヴドラ王子殿下の事はその時に少々」

色々な場所で商売をしていたとは聞き及んでいたが、獣人国までもとは思わず、つい目を見張ってしまう。

「とはいえ、以前お見かけした時とは雰囲気が全く異なっていたので、言われるまで気づきもしませんでしたが。ガザレア王子殿下が亡くなられてから豹変してしまった、というのはどうやら本当だったようですね」

「……兄を殺した、ってやつか」

「ええ」

言ってはみたが、別に他人の事を詮索する気はこれっぽっちもないので、俺はここですっぱりと会話を断ち切ろうとする。

しかし、そこにフェリが待ったをかけた。

「……リヴドラについて、何かご存じなのですか」

リヴドラと知らない仲ではないフェリだからこそ、己の知っているリヴドラと、今のリヴドラとの差異についての疑問を解決したかったのだろう。

「貴女のお役に立ちたいのは山々ですが、私は所詮しがない商人。知っている事は精々風の噂程度でしかありません」

しかし、ウォリックは彼女の問いに対し、首を横に振る。

「ですが、数年とはいえ獣人国で暮らしていた私からすれば、ファイ王子殿下も知るその噂は、信じ難いとしか言いようがありませんね」

正統後継者であった第一王子をリヴドラが殺した、という噂。

「又聞きでしかないが、アイツは王族の地位を買ったんだろ？」

「はい。ただ、あまり知られていませんが、リヴドラ王子殿下は第一王子であらせられたガザレア王子殿下の協力があってこそ、王族に迎えられたのです。お二方の仲の良さを知る人間からすれば、あの噂は未だに信じ難いんですよ」

ウォリックの話通りならば、確かに信じ難い。

他者から見ても仲の良かった二人。しかもリヴドラは、ガザレアに恩義を抱いていたであろう立場だ。

自分の味方をわざわざ殺すに足る程の理由があるのか。そう考えると、確かに首を傾げざるを得なかった。

「ですので、リヴドラ王子殿下を優しいと仰る貴女のお気持ちには、私も同感なのですよ」

　ウォリックは、未だ険しい表情のままであったフェリにそう言葉を掛ける。

「もしかすると、私達では到底考えつかない複雑な事情があるのやもしれませんね」

「……複雑な事情、ですか」

「ええ。たとえば、『修羅』にならざるを得ない出来事に襲われた、など」

　――『修羅』に、なれ。

　――『畜生』に堕ちてしまえ。

　剣を振るい、人を殺すって事はつまり、そういう事だよ。

　不意に思い起こされるは、前世でのヴィンツェンツの言葉。『修羅』なんて言葉は滅多に耳にしない分、そのたった二文字の言葉がトリガーとなって、遠い記憶が薄らと蘇った。そして泡沫のようにふっ、と消え失せていく。

　きっと、そのせいだろう。

「――――……ま、世の中には、幾ら殺したくないと願おうとも、そんなちっぽけな願いすら叶わない時もあるくらいだからな」

　そんな言葉が俺の口を衝いて出てきた。人生に、理不尽な不幸は付きもののなのだから。

「ただ、仮にその噂が真実だったとしても、俺の知った事じゃねえわな」

　初対面から敵意を振りまいてくるような人間でも、困っているかもしれないから手を差し伸べ、助けてやる——わざわざそんな事をする程、俺はお人好（ひとよ）しでも聖人でもない。何より、リヴドラ自身もそんな事は望んでいないはずだ。

　だから俺ができるのは、同情する事くらい。お前も運がなかったな、と思ってやる事くらいだ。

「相手が『助けてほしい』と望んでいるならまた話は別だろうが、そうじゃねえんならただの余計なお節介（せっかい）でしかないと、俺は思うよ」

　そう言って俺は、ウォリックの言葉を聞いて物憂（ものう）げな面持（おもも）ちで思案（しあん）を始めていたフェリへと、一瞬ばかり視線を向ける。

　俺という存在（護衛対象）がいなければ、今すぐにでもリヴドラの後を追いかけたであろうお節介なメイドの思考が、手に取るように分かってしまったから。

「……そう、ですね」

　フェリとリヴドラの関係について、俺は何も知らない。これまでフェリの出自（しゅつじ）について全く知らなかったし、知ろうともしてこなかった。

　だから、彼女にとってリヴドラという者がどれ程大切な存在であるか、俺には分からない。分からないから、関わらない方がいいという言葉を選んでしまう。

　——俺の側にいてくれる人達を、失いたくない。

　俺からすれば、その感情さえはっきりとしているのならば、後はどうでもよかった。

故に、帝国に憎悪を燃やすリヴドラに進んで関わろうとはするなと、俺は遠回しに彼女に告げてしまったのだろう。

〝異形〟に関われば、誰かを失うというイメージがあまりに強かった。

「だけど、ま、ぁ、どうしてもって時は、声を掛けてくれよ。〝クズ王子〟の俺風情がフェリの力になれるのかは知らねえが」

俺の能は、剣を振るう事くらい。

全くもって褒められたものではないんだが、こと帝国絡みの話に限り、幸か不幸かそれはおあつらえ向きと言える能であった。

「…………」

何故か、フェリはポカンと目を丸くしていた。

しかしやがて、どうしてか俺を見てクスリと笑う。

「……なんだよ」

「いいえ。なんでもありません」

言いたい事があるんならはっきりと言えよ。

半眼で睨め付けながらそう問い掛けても、フェリは機嫌良さげに首を横に振るだけ。

……その反応が全く納得いかなかった。

そんな中、ウォリックからふと思い出したように声を掛けられる。

「そういえば、ファイ王子殿下が花屋(ここ)に誰かをお連れになる事は、これが初めてですね」

「……そうだっけ？」

言われてみれば、そんな気がしてきた。

ここへは城を抜け出してくる事が殆(ほとん)どだったし、何度かついてこようとしたラティファは毎度毎度撒(ま)いてやったっけか、と思い返す。

「ええ。『メイドを一度でも連れてきたら、次から絶対ついてくるだろ。花くらい一人でゆっくりと選びたいんだよ』と、仰っていたではありませんか。ですから、私はてっきり――」

「……そういえば、そんな事も言ったな」

確かに、いつだったかウォリックに向けて言っていたと思い返す。

あの時の「連れて来たくない」は、「一人でいる時間を大事にしていたい」というようなニュアンスで言い放っていたものだった。

けれど、その実、先生達を想(おも)う時間くらい一人でいたいというのが俺の本音であった。

「……その事、完全に忘れてた」

けれど、ウォリックに指摘されて漸(ようや)く思い出せたその事実に、しまった、という感情こそ湧き上がれど、最悪だ、という感情は不思議と存在していなかった。

無意識のうちに、フェリにならもう知られてしまってもいい、とでも考えていたのだろうか。

などと思いつつ。

「まぁ、なんだ。隠そうにも隠しきれなくなっただけだ」

何故か少しだけ嬉しそうに笑む（え）ウォリックの表情を眺めながら俺は、そう言葉を返した。

## 第六話　波乱（はらん）の幕開け

それから当初の予定通り、いつも飾ったきりラティファに世話を任せきりにする花を買ったのち、俺とフェリは帰路（きろ）についた。

そして俺だけ部屋に戻ると、どうやらラティファは買い物に出掛けてちょうど入れ違いになったらしく、人は出払っていた。

邪魔する人間は誰もいなくなった事だし、さぁもうひと眠り……といきたいところではあったが、既に睡魔（すいま）は完全に俺の側から離（はな）れてしまっていた。眠ろうにも目が冴（さ）えてしまい、上手く寝付く事ができない。

「そろそろ部屋に鍵（かぎ）でも取り付けっかな」

がしがしと髪を掻（か）きながら愚痴（ぐち）をこぼす。

しかし、それを現実にしたところで、その次の日にはどこぞのメイドに綺麗(きれい)に取り外(はず)される予感しかしなかったので却下(きゃっか)。

結局、現状維持で満足するしかないと判断し、はぁあとため息を漏らした。

部屋にいてもこれといってする事などなく、暇潰(ひまつぶ)しにあてもなく城を歩いていると——

「……って、フェリの奴、何してんだ」

つい先程まで行動を共にしていたフェリの後ろ姿を見つけ、眉根を寄せる。

立ち止まって何かをしているようであったが、場所が悪く、壁(かべ)に遮られて絶妙(ぜつみょう)に俺からは見えなかった。

どうせ暇だしと、彼女のもとへ歩み寄ろうとして、

「——ですから……どうか、考え直してください、リヴドラ」

そして、足を止めた。

フェリが立ち止まっていた理由が、見覚えのある黒帽子の男——リヴドラと会話していたからであると分かったから。

顔を合わせたところでどうせロクな事にはならないし、何より二人の関係に首を突(つ)っ込(こ)む気は更々なかった。

「……ま、フェリがアイツにかかりきりになるってんなら、それはそれで都合はいいか」

そう呟いて、踵(きびす)を返す。

フェリにとってリヴドラが、俺を上回る悩みの種になってくれれば、俺への注意はそれだけ薄れるだろう。そうすればその分、帝国に一人で足を踏み入れやすくなる。

「というか、いっそもう今から——」

なんて考えたその時、平坦な声がすぐ側から聞こえた。

「——何か物騒な事、考えていませんか」

聞き覚えのあるその声音。

一体どこで聞いた声だったかと考えた直後、視界に小さな身体が入り込んだ。

「リーシェン・メイ・リィンツェル」

「お久しぶりですね。ディストブルグの第三王子さん」

目の前に現れたのは、俺の昔の仲間と同じ、何もかもが『視えてしまう』特異体質を持った赤髪の少女。リーシェン・メイ・リィンツェルその人であった。

「それはあんたの勘違いだ。世界に俺程の平和志向な人間はそういねえよ。何せ、明日は何十時間寝てやろうか考えてただけだしな」

「……一日は二十四時間しかありませんが」

嘘が全く通用しない相手だからこそ、平然とした態度で嘯いてやると、半眼で思い切り呆れられる。〝クズ王子〟は相変わらずなんですね。そう言わんばかりの視線だった。

「……うっせ。幾ら警備が厳重な城の中とはいえ、一人で歩き回る事を、よく周りの人間が許可したな」

耳の痛い指摘だったので、すかさず話題を転換した。

リーシェンは物凄く怪しんでいたが、それを指摘する気すら失せてしまったのか。

「……まぁ、いいです」

と言って問いに答えてくれる。

「私の場合はある程度の自由が許されているんです。危険であれ、敵意であれ、視ようと思えば、それこそなんでも『視える』ので」

「……相変わらず便利な能力だな」

「その代わり、戦闘能力はからっきしですけどね」

「それで戦闘能力まで高けりゃ、あんたの兄の立場がなくなるだろ」

「それもそうですね」

グレリア兄上の友人であり、リーシェンの兄であるウェルス・メイ・リィンツェルの事を思い出しながら、俺は小さく笑う。

「……気になりますか？」

やがて、リーシェンの視線は俺から外れ、少し離れた場所で未だリヴドラと話を続けているフェリへと向かった。

この立ち位置からして、俺がフェリの事を気にしていた、と受け取ったのだろう。

「少しはな。でも、これはたまただ。立ち聞きする趣味（しゅみ）はねえよ」

「そうですか……にしても、ちょっと意外でした。あのリヴドラ王子殿下と、フェリさんが知り合いだったとは」

度々（たびたび）声を荒（あら）らげ、リヴドラと呼び捨てにしているフェリと、それに構わず言い返すリヴドラは、どう見ても他人同士には思えない。

「ああ見えてフェリは随分と歳を食ってるしな。意外な知り合いの一人や二人、いてもなんら不思議じゃねーよ」

百年近くも生きてりゃ、変わった縁（えん）も持ってるだろうよ。そう言ってやると、それもそうですねと同調する言葉が返ってきた。

「……まぁフェリさんなら、ディストブルグに迷惑（めいわく）をかける事は万が一にもなさそうですが、それでも相手はあのリヴドラ王子殿下ですからね」

「なるようになるだろ」

「〝連盟首脳会議（クーリア）〟に出席していないからそんな事が言えるんですよ」

リーシェンはジト目を俺に向けて、心底呆れて見せる。

そんな物言いをするという事は、リヴドラが何かやらかしたのだろうか。

「色々と大変だったんですから。貴方がいれば、あの方もあそこまで暴走する事はなかったかもしれないのに」

……なんでそこで俺が出てくるんだ。

きっと、思わず抱いたその疑問が顔に出てしまっていたのだろう。

「『おれは腑抜けの老人共の知恵袋になりたくて〝連盟首脳会議〟に参加したわけじゃない』……そう言って、リヴドラ王子殿下は退出なされました。もし仮に、あの場に〝英雄〟が一人でもいたならば、きっとあそこまではっきりと言い放つ事はされなかったと思います」

「どうだかな。俺、アイツに結構嫌われてるぞ」

そうでなければ、あの花屋での一件はあり得ない。フェリがいなければどうなっていた事やら。

最悪、斬り掛かられていてもおかしくない剣幕だった。

「……一体何をしたんですか」

「さてな。気になるなら勝手に覗いてくれ」

それを止める術は俺にはないから、とぞんざいに言い放つも、返ってきたのはため息が一つ。

「そんな事でいちいち覗いたりはしません。第一、貴方が言ったんですよ。この能力はあまり使わない方がいいと。忘れたんですか？」

「あー、言われてみれば、そんな事も言った気がする」

あの時の言葉を律儀に守り通しているとか、幾らなんでも生真面目(きまじめ)過ぎるだろ。彼女の真面目さに少しだけ驚(おどろ)きつつも、自室に戻るべく背を向ける。

「ま、つーわけで、あの黒帽子に気づかれる前に俺はどっか行くわ」

壁が邪魔をして向こうからも俺の姿は見えていないだろうが、近くにいてはなんの拍子(ひょうし)で存在を認識されるか分からない。

「そうですか。でも——あまり無茶はしないでくださいね。一番上の兄が、いつか貴方に会ってお礼を言いたいそうなので」

あたかも『視てきた』ような口振りで、リーシェンが言った。

『視てきた』上で、無茶はするなと釘(くぎ)を刺しているかのように思えてしまい、僅(わず)かに肩越しに振り返る。ほんの少し見えた彼女の瞳は、心なし揺れているようだった。

「……俺はあの時、グレリア兄上達を助けに行っただけ。礼を言う相手は、俺じゃなくてグレリア兄上達、だろ」

リーシェンの兄の為に頑張(がんば)ったわけでもないのに、それで礼を言われる道理はない。

「それと、幾らなんでも考え過ぎだ。無茶をする機会なんてそうそう訪れてたまるか」

などと言って、彼女の心配を一蹴(いっしゅう)する。

ただ、無茶をする羽目になるかもしれない仕事は一つだけ残っていた。

〝異形〟と、それを生み出した張本人を斬り殺す事。あと、それだけ。それさえ終われば、今度こそ終わり。それを果たせさえすれば、きっと帝国の勢いは消えるだろうし、俺もいよいよ御役御免というわけだ。

「――それじゃあな」

そのひと言を最後に、俺はリーシェンと別れた。

そして時間は過ぎ、夜も更けた頃。

一条の長い長い影が、ドアの隙間から俺の部屋に向かって伸びていた。

やがてゆっくりと、ドアが押し開けられる。

しかし開かれる音も、近づいた音も、何もかもが存在していなかった。

最早完全と言っていい程に、気配は消えていた。

そして、気配なく忍び寄る人影が更に二歩、三歩と距離を詰めてきて、直後。

「――誰かと思えば、ラティファかよ」

少し前に意識が覚醒していた俺は、満を持してがばっと寝返りを打ち、そろりそろりと近づいてきていた下手人の名を呆れ交じりに呼んだ。

「……な、なんで起きてるんですか。いつもなら、耳元で叫んでもちっとも起きないくせに」

驚愕に目を見開きながらラティファが呟いた。

「……今日に限って何故か眠れなかったんだよ」

嘘である。

少し前まで、俺はいつも通りに爆睡していた。

けれど、ついさっき無理矢理に起こされた。

まさに達人と言うに相応しいラティファの気配を殺す技量。それ故に、ぱちりと目が覚めた。

本来であれば目覚めさせないようにする為の行動が、奇妙な事に、俺にとっては何よりの目覚ましになってしまっていたのだ。

「……ま、ぁ、どうせ起こすつもりでしたし、ここは好都合と考えましょうかねえ」

窓越しの景色は闇に包まれ、真っ暗だ。

間違っても、今は朝ではない。

「で、ですね。かー、なー、り。面倒な事になりましたよ、殿下」

「あ?」

意味が分からなかった。

ただでさえ寝起きで上手く頭が回っていないのに、直球で言ってくれなければ分かるものも分からない。

「……つい数時間前、リヴドラをはじめ獣人国の者達が、ディストブルグから出て行ったそうです」

「……それが一体どうしたんだよ」

父上が周辺諸国の首脳を集めて開催している〝連盟首脳会議〟を無駄であると判断して、勝手に帰っただけなんじゃねえのか。

しかし、ラティファはいつになく深刻な表情を浮かべていた。

「……向かった先は帝国なんですよ、殿下。しかもあの連中、帝国に攻め込む算段をつけた上で〝連盟首脳会議〟に参加していたのか、獣人だけでなく〝異種族〟と呼ばれる者達も、こんな真夜中にもかかわらず軒並み連中の動きに呼応しているそうです」

「連中の好きにさせりゃいいだろ。俺にゃ関係――」

――ねえよ。

と言おうとして、言葉が止まる。

それどころか、一瞬にして身の毛がよだち、背筋に冷たいものが走った。

〝異形〟はいかにして生まれるものであっただろうか。

そんな疑問が不意に脳裏に浮かび上がった。

答えは簡単だ。

〝異形〟は、人の成れの果て。

あれはいわば、ゾンビのようなものだ。

〝異形〟に生きた状態のまま喰われた人は、〝異形〟と化していく。だから、人が多ければ多いほど、〝異形〟も多く生まれる可能性がある。獣人の連中も馬鹿ではないだろうが、奴らのせいで〝異形〟が溢れ返りでもしてみろ。大変どころの騒ぎじゃ済まない。

〝異形〟の本当の怖さは、個体としての強さでも、しぶとさでもない。

ただただ、際限なく増えていく。

〝異形〟の一番怖いところは、間違いなくソレである。

「――――」

そう思い至った瞬間、無性に焦燥感に襲われた。

かつて〝異形〟を生み出した男――〝黒の行商〟は、誰もが平等に救われる世界を望み、全ての人間を〝異形〟に変えようと試みた。

故に、彼は手当たり次第に〝異形〟を生み出していた。

しかし、コーエンの言っていた〝皇帝〟と呼ばれる人物が、何が目的で〝異形〟を生み出したのか、俺は知らない。

その不明な部分が、この上なく不安を煽る。

「……実に言い辛いんですが、もう一つ、殿下にお伝えしなくちゃいけない事がありまして」

そう言って、ラティファは手にしていたメモ用紙のようなものを俺に突き出す。

それは、見覚えのある筆跡(ひっせき)。

「メイド長が、リヴドラ(ドアホ)を止める為に追いかけちゃったみたいです」

――リヴドラを止めてきます。申し訳ありませんが、殿下の事をよろしくお願いいたします。

ラティファ宛(あて)に書かれたのであろうその手紙。

そこに書かれた内容を目にした途端、己の表情は歪(ゆが)んでいく。

鏡を見るまでもなく、それが分かってしまった。

# 第七話　スーパーメイド爆誕(ばくたん)

「……ただ、こうなってしまった原因はきっと、私にあるんですよねえ」

心底申し訳なさそうに、ラティファが俯いた。

一体、どういう事なのだろうか。

「少し、話し過ぎたかもしれません」

「話し過ぎた？」

「〝真宵の森〟にいた時に、色々とあったんですよ」

きっとそれは、俺が勝手に森の奥へと踏み込んでしまった時の事。『逆凪』と呼ばれる風使いの〝英雄〟を相手取る事になった際に、何かあったのか。

「恐らく、ラティファ（私）がいるなら、自分が殿下に付きっきりにならずとも……そんな考えが生まれちゃったんだと思います。だってこれは、今までのメイド長からは考えられない行動ですから。あの時は話さざるを得なかったとはいえ、ちょっと正直（しょうじき）になり過ぎました」

その含みのある言葉のせいで、気にしないようにしていたはずの疑問が再び浮上する。

――そういえば、『逆凪』という〝英雄〟を、一体どうやって倒したのだろうか、と。

その瞬間、先程身の危険のようなものを感じ、完全に目が覚めてしまった、ラティファの見事な隠形（おんぎょう）の事が思い起こされる。

かつて暗殺者をやっていたと言われたとしても、素直に信じざるを得ない。

俺も俺で小さくはない隠し事をしているが、ラティファは一体、何者なのだろうか。

「本当は、できる限り関わらないでおくつもりでしたが、事情が変わりました。それで、なんですが……どうしますか、殿下」

「……どうする？」

その言葉が何を意図しているのか分からなくて。だから、聞き返す。

「はい。勿論、今からディストブルグ(ここ)を出て帝国に乗り込むかどうか、を聞いてるんですけども。元々、殿下は帝国に乗り込むつもりだったんじゃないですか？」

どうしてか、決して当てずっぽうで言っているわけではないと。ラティファはその発言になんらかの確信を抱いていると思えて、言葉を失ってしまう。

「あのリヴドラ(ドアホ)が場を掻き乱してるこの時が、一番良いタイミングだと私は思いますけど」

しかも、自分から周囲の目が逸れる時を狙(ねら)っていた事まで言い当てられる。

「……乗り込むんなら、確かに今が一番だろうな。ただ――」

乗り込んだら乗り込んだで、更にそれを助けようとするお人好しが必ず出てくるだろうが――と言い返そうとすると、ラティファが言葉を被せてくる。

「それに関しては当てがあるので問題ありません。何せ、嘘をつく事に関しては一流の人を知ってますから」

嘘をつく事に関して一流、と聞いてすぐに思い浮かぶ人間といえば。

「――シュテンか」

「はい。こんな事もあろうかと、シュテン殿下には既に話は通してあります。なので、陛下やグレリア殿下を上手く言いくるめてくれる事でしょう」

確かに、日々周囲の人間をからかって遊んでいたシュテンの口先であれば、それとなく誤魔化す事も容易だろう。加えて、シュテンはあれでも一応、王族の端くれ。第二王子である彼の言葉には誰であろうと耳を傾けざるを得ないはずだ……けれども。

「やけに準備がいいな、オイ」

それはあまりに、準備が良過ぎた。

幾ら俺の人となりをよく知るラティファであろうと、これは流石に不自然だ。

「なんといっても、私はできるメイドですからね」

疑ってみたものの、ふふん、と鼻を鳴らして自慢げに胸を張るラティファを見て、何故か一気に気が抜ける。

彼女が何か良からぬ事を企んでいるのではないかなどと、真面目に考えるのが馬鹿らしくなった。

「……そうかよ」

どうせ遠くない未来、機会さえあれば帝国に足を踏み入れるつもりだった。その機会が、少しばかり早くなっただけ。ここまでお膳立てされているのならば、向かう他ないだろう。

ただ、一つハッキリさせておかないといけない事がある。

「なあ、ラティファ。向かう前に一つ聞いておきたいんだが……もしかして、お前も来る気か？」

「そうですけど？」

何言ってんだコイツ？　と言わんばかりに、彼女はキョトンと首を傾げる。

「メイド長があのリヴドラ（ドアホ）を追いかけちゃった原因は私にあるんですから、当然じゃありませんか」

だから責任を取って私も向かうんですと、ラティファは堂々と言ってのけた。

「それに、殿下は私の二つ名を忘れたんですか」

「……そんなもんあったか？」

「あります！　もう三回くらい言ってますから‼」

二つ名といえば、〝英雄〟と呼ばれる連中が付けられているあだ名のようなもの。

しかし、ラティファが〝英雄〟であるとは聞いた事がない。

「〝ディストブルグの最終兵器〟と呼ばれたこの私の力を、殿下は侮（あなど）り過ぎです‼」

「この前は〝秘密兵器〟っつってなかったか」

「……たまに変化するんです」

〝真宵の森〟へ向かう前に自信満々に言っていた発言を思い出して指摘すると、ラティファは複雑な表情を浮かべて呟いた。

どうやら俺の記憶が正しかったらしい。

「でもまあ、メイド長を助ける為とあらば、秘密兵器と呼ばれた私も真の力を解放せざるを得ませんね」

　そう言って、ラティファは己の顔へ右手を伸ばし、年がら年中かけている丸眼鏡の縁に手を掛けた。どうやら、眼鏡を取ろうとしているらしい。

　眼鏡で力を抑えていた、的な設定なのだろうか。

「眼鏡、外しても大丈夫なのかよ」

「え？　あ、これ伊達眼鏡なんで大丈夫です。かけてた方がメイドっぽくね？　ってシュテン殿下に言われたからかけてただけですし……じゃなくて！」

　その場のノリに身を任せて眼鏡を外そうとしていたラティファの心配をすると、つい口が滑ったらしく、知らなくてもよかった情報がボロボロと出てきた。

　眼鏡をかけていた理由がそんな下らないものであったとは初耳だ。

「……まぁ、その。邪魔なんで外していくだけです」

　すっかり意気消沈してしまったラティファに呆れ、ため息をこぼしながらも。

「そうか……でも、ついてくるのだけはやめとけ」

　俺はそう告げた。

「どうしてですか？」

「俺一人で十分だからだ」

「なるほど。じゃあ尚更、私がついていってもよさそうですね」

「……なんでそうなる」

「だって、殿下一人で十分なんでしょう？　だったら、私一人増えたところで問題なんてないじゃないですか」

そういう事じゃないし、そもそも、俺一人であれば問題がないという話だ。

そう指摘するより先に、ラティファが続ける。

「それに、弱っちい殿下を一人で帝国へ行かせたとあっては、下っ端（したっぱ）メイドの私はメイド長に折檻（せっかん）されてしまいますからねぇ」

何故か弱っちいなどと言われてしまった。

いつぞやの、先生達（みんな）のように。

だからか、その言葉は普段よりもずっと、耳に残った。

「……弱かったら〝英雄〟なんて大層なあだ名付けられてねえよ」

不本意でしかない呼ばれ方ではあるが、今のラティファを黙らせる為にはそれを持ち出すしかなかった。

それでも尚、彼女の口は閉じる事を知らないとばかりに、当然のように次の言葉を紡（つむ）ぎ出す。

「いいえ。殿下はよわよわです。だってほら、こんな時だっていうのに、そんなに深刻そうな表情をしてる。違うでしょ。こういう時こそ、笑わなきゃ。じゃないとほら、こんなメイド一人にさえも見くびられちゃいますよ。ねえ？」

俺に向かって、ラティファの華奢な腕が伸びてくる。

そして俺の頬に両手を触れたと思ったら、グイッ、と無理矢理に俺の口角を吊り上げ、強制的に笑みを浮かべさせてきた。

笑え、と言わんばかりに。

「自分一人で十分なんて言葉は、もっと頼もしくなってから言ってくださいね。なので、今回は特別に、私が同行してあげます。メイド長の為とはいえ、特別大サービスです。頼れるスーパーメイドラティファさんと呼ぶ事を、殿下にだけ特別に許可してあげましょう」

――笑わなきゃ。

たったひと言。

きっと、彼女にとっては何気ないひと言。

だけど、その覚えのあるひと言に、俺は驚かずにはいられなかった。

だから、その後に口にされた言葉なんてものは勿論、まともに頭に入ってくるはずもなくて。

「……幾らなんでも呼び名が長えよ。誰が言うか」

辛うじて聞き取れた部分に悪態をつくのが精一杯であった。

「……なかなか強情ですねえ」

むぅ、とラティファは口をへの字に曲げる。

本気で俺がそう呼ぶとでも思っていたのだろうか。

「でもまあ、そういう事です。呼び方については兎も角、殿下がなんと言おうと、私はついていきますから」

「あのな、これは遊びじゃないんだ……死ぬ事になっても知らねえぞ」

「おっと。もしかして殿下はご存じないんですか？　スーパーメイドは不死身なんですよ」

「んなわけあるか」

そのふざけ切った台詞を、俺は即座に否定する。

とはいえ、ラティファは徹頭徹尾、自分というものを崩そうとはせず、初めこそ深刻そうな表情を浮かべていたものの、おちゃらけた態度は相変わらず。

その在り方が、何故か先生達と重なって。

無性に、懐かしさを覚えてしまった。

――――……俺も、焼きが回ったか。

目を細め、胸中でそう呟く。

前世と合わせると、それなりに歳は重ねている。

感傷に浸るような歳であるとは考えたくなかったが、それでもこんな想いを僅かでも抱いてしまっている時点で、それを真っ向から否定できるはずもなかった。

# 第八話　虚離使い

「――いいか。俺達がやるべきなのは、間違ってもフェリを連れ戻す事じゃねえ。フェリやあの黒帽子が帝国の連中とかち合う前に、俺達が全ての敵をさっさと殺してしまうんだ」

結局、ラティファに押し切られてしまった俺は、これからについて彼女と話し合っていた。幾ら急いでいるとはいえ、考えなしでどうにかなる相手ではない。

守勢に立ってしまえば、いたずらに被害が拡大するだけ。そんな事は〝異形〟を相手にしていた前世の時から、嫌という程分かっている。

だから、守るのではなく、何よりも先に敵を排除する。それが、俺達のやるべき事であった。

「なるほど。攻撃は最大の防御、というやつですね」

守りに転じれば間違いなく綻びが生じる。しかも向こうは〝異形〟だけでなく、複数人の〝英雄〟までいるときた。

コーエンの言葉を信じるならば、『氷葬』程の〝英雄〟はもういないとはいえ、それでも軽視していい存在ではない。

だったらやはり、ひたすらに攻めるしか選択肢は残されていない。

「ああ。守り抜くより、敵を全員斬り殺した方が確実だ。何より、俺の能力は守りに向いてない」

ただ、ただ、眼前に立ち塞がるものを斬り裂くだけのもの。故に、守るなどそもそも論外で。

〝影剣〟の能力は斬り裂く事。

「育ちの良い王子殿下とは思えない程、過激な思考ですね」

「でも正論だ。俺は間違った事を言ったつもりはねえよ」

「ええ。そうですねえ。確かに、それが何より正しい」

方針は決まった。

「ただ、一つだけ問題があるんですよねえ」

思い立ったが吉日とばかりに帝国に向かおうとする俺であったが、ラティファの声がそれに待ったをかける。

「殿下は、帝国までの道筋をご存じですか」

そう言いながら彼女がポケットから取り出したのは、四つ折りにされていた地図。

知っていると即答しないオレの反応を見て、ラティファは続きを語り始める。

「帝国は〝真宵の森〟を抜けてすぐの所に位置してはいますが、そうは言ってもあそこは別名〝迷いの森〟です。今のように急いでいる時に通るには、あまりにも適さない場所です」

俺が知っている道はそれだけだったが、地図を広げて説明を加えるラティファは、その道だけはあり得ないと否定する。

「なので、どうしても森を突っ切らずに迂回(うかい)する必要があるんですが……となると、残った道筋は――」

指し示された経路は二つ。

「ですが、ディストブルグの東に位置する獣人国を経由しての道は、恐らく使えません。先の〝連盟首脳会議(クーリア)〟にて望んでいた結果を得られなかった時点で、リヴドラ(ドアホ)が異種族以外の通行を制限している可能性が高いからです。最悪、襲われる危険すらあります。なので、この経路を選ぶのはただの時間の浪費(ろうひ)でしかありません」

故に、まともに使える経路はたった一つだけ。

「私達が選ぶべきは、ディストブルグの南西に位置する永世(えいせい)中立国――レガリア王国を経由して帝国に向かう道筋、このただ一つだけです」

「だったらそれでいいだろ。何が問題なんだよ」

「殿下は勿論、私もレガリア王国には行った事が一度もありません。なので、ちゃんと帝国に辿り着けるかどうか。そもそも、レガリア王国から帝国へ続く道がちゃんとあるのかどうかも」

定かではない、とラティファは言う。

故に、百パーセント確実に辿り着くと言える道筋は一つとしてない。

「普通に考えるなら、選ぶ道はこれしかあり得ない。でも、確実にこれが帝国に続く道であるのかは分かりません」

通らせてもらえない可能性が高い、獣人国経由にするか。

はたまた、〝真宵の森〟を突っ切るか。

……しかし言われてみれば、後者に関してはラティファの言う通り論外であった。

あの一帯に施されている幻覚魔法は恐らく、かつての俺の仲間——トラウムの特別製。

この前はたまたま上手く抜けられたが、今度もそうできるかと言われれば、首を傾げざるを得ない。

何せ、トラウムの性格の悪さは、最後までからかわれ続けた俺が一番知っている。

一度嵌ったら最後。最悪、二度と出られなくなる可能性だってある。

言ってしまえば、どの道筋であっても既に詰んでいるような状況。

それでもお前は行くのかと、言外に念を押すラティファに対し——

「だとしても、それを選ぶしかないんだろ。だったら答えは決まってる」

刹那の逡巡すらなく言い切る。

「今は時間を浪費してる場合じゃないんだ。行き止まりだったらその時また考えるだけ。なんだろうと、進むしかねえよ。お前だって、そのつもりなんだろうが」

口調こそ時折硬くなっていたものの、彼女の瞳に焦燥は微塵も見受けられなかった。

つまり、そういう事である。

「壁が立ち塞がっているのなら、叩っ斬って進めばいい。敵が立ち塞がろうと、同様に叩っ斬って退かせばいい。ただそれだけの事だろ」

ここでじっとしているという選択肢はそもそも存在しない。だったら、進むしかない。

何より、〝影剣〟に斬れないものは何一つとしてないのだから。

嗚呼、そうだ。

ならば、何も問題はない。

そう胸中で繰り返す事で自己を肯定し、程なく俺は立ち上がった。

どうせ明日は〝連盟首脳会議〟に参加するんだし、少しでも長く寝る為に先に着替えてしまえ、という面倒臭い精神を全開にして外着で寝ていたのをいい事に、そのまま部屋を後にしようとする。

だが、その直前で引き止められてしまう。

「あの、殿下。数分だけ待って頂いてもよろしいですか。ちょっと用意したいものがありまして」

「用意？」

「流石に、ディストブルグの秘密兵器である私であっても、無手では心許ないと思いまして」

〝真宵の森〟に向かった時、ラティファの腰に得物らしきものはなかったはずだ。

だから、ラティファは戦うにせよ、魔法を扱う側の人間であると、俺は勝手に思っていた。

「スーパーメイドは、万能なんです」

そんな俺の心を見透かしてか、ラティファは自慢げに付け加える。

「……分かったから、取ってくるんなら早くしろよ。誰かに見つかる前にさっさとディストブルグから出なきゃいけねえってのに」

「いいですか、殿下。絶っ対、にここで待っててくださいよ⁉ 前みたいに勝手に先に行ったりしたら私、キレますからね⁉ 冗談抜きで雷落としますからね⁉」

そんなに俺が信用できないのか。

広げていた地図を一瞬で回収し、何度も念を押しながらラティファはドアへと向かい、そのまま部屋を出て行った。

と思いきや、すぐに勢いよく不意打ちでドアを開けて俺の動向を確認してきたあたり、冗談抜きで俺が信用ならなかったのだろう。

両刃の剣を取りに向かったついでにメイド服を着替えたラティファと俺が部屋を後にしたのは、それから数分後であった。

永世中立で知られる国、レガリア王国。

ディストブルグの南西に位置し、帝国と隣接(りんせつ)しているその国は、〝ど〟が付く程に閉鎖(へいさ)的で、どの国に対しても自国の情報を殆ど開示していない、鎖国に近い状態であった。

属している〝英雄〟の数も勿論不明だ。

国の方針として永世中立を掲げている事のみが知られ、門戸(もんこ)こそ開かれているものの、他国からの人間はある一定の場所までしか入る事を許されていない、一風変わった国家。

それが、世間に知られているレガリア王国の情報の全てであった。

故に、他国の重鎮(じゅうちん)が足を踏み入れたとなると、レガリア王国の警戒(けいかい)具合は計(はか)り知れない。

〝真宵の森〟ではメイド服のままだったラティファすらわざわざ着替えた理由を理解した

のは、一時間程掛けて国境に辿り着き、厳重な警備体制の大きな門を前に門前払いされてからであった。

ここを突っ切ってしまえば、一時間と掛からず帝国に辿り着ける。であるというのに、厳重に敷かれた警備体制の担当者は、許可が下りている人間でなければこの先へは通せないの一点張り。

仕方なく引き返した後、ラティファが開口一番に呟く。

「やっぱり、こうなっちゃいましたか」

薄々予想はしていましたが。

そんな言葉が後に続きそうな物言いだった。

「知ってたのか」

「ええ、まあ。こんな体制を敷いている国なんて、レガリア王国ぐらいのものですからね」

永世中立国というより、ただの閉鎖的な国なのだと彼女は言う。

「ですが、レガリア王国を経由せずに帝国へ乗り込むとなれば、ここを出て大きく迂回して……少なくとも半日は掛かるので、論外です」

「父上の名前を使ってもこの先を通る事は無理か」

「はい。恐らく、逆効果でしょうねえ」

他国の王子が来たなどと言っても、いたずらに警戒心を高めさせるだけだ、とラティファがため息を漏らす。

「一番良いのは穏便に通してもらう事ですが、無理であるならば、力ずくで、になりますよねえ……あの、殿下。もしかして、空を飛べちゃったりしませんか？」

「飛べたらとうの昔に飛んで帝国に乗り込んでる」

「ですよねえ。となると、やはりこの選択肢しか残されてませんか」

「この選択肢？」

含みのあるラティファの物言いに、疑問符が浮かぶ。

さっき追い返された時はやけにすんなりと引き下がるものだと思ったが、何か有効な策を隠し持っていたようだ。

「……まぁ勿論、正攻法ではないんですけどね。ただ、レガリア王国所属でありながら、唯一存在が割れている、とある〝英雄〟の力を借りる事さえできれば、突破は可能です。間違いなく」

だから、正攻法では進めないと知りながらも、あえてレガリア王国を経由する道筋しかないと言ったのか。

「協力を得られるかは兎も角、捜してみる価値は十分過ぎる程にあります。強行突破はそれがダメだった時の最終手段にしましょう」

ラティファはハナから、その〝英雄〟に助力を乞う事も選択肢の一つに入れていたのだろう。そう考えれば、色々と彼女の言動に納得がいった。

「その男の二つ名は、『虚離使い』。名を――ゼィルム・バルバトス」

# 第九話　イエルク・シュハウザー

その名前、どこかで聞いた覚えがあるような、そんな気がした。

しかし、思い出そうにも思い出せない。きっと、どこかで偶然耳にしただけなのだろう。

「……にしても、人捜しか」

今現在ここ、レガリア王国にいるかどうかも分からない人間を捜すというのは、困難極まる事だ。

平時であればそんなのは無理だと一蹴していただろう。ただ、幸か不幸か、おあつらえ向きの状況がすぐ側に転がっていた。

「だったら、俺に一つ考えがあるんだが」

「おや、奇遇ですね、殿下。私もちょうど、良案が浮かんだところだったんですよ」

強行突破も悪くないが、できれば騒ぎは起こしたくない。故に、その『虚離使い』を見つけられるならば見つけて助力を仰ぎたい。

ならば、どうするのか。

その答えは至ってシンプル。子供でも分かる簡単な話だ。

聞けばいい。求めている答えを知っていそうな人間から、聞き出せばいい。

「「――さっきから俺達の事を隠れて監視してる奴らから、直接聞き出すってのはどうだろうか」」

殆ど変わりない言葉を被せてきたラティファと、思わず顔を見合わせる。

まるで事前に示し合わせでもしていたのではと錯覚する程に差異のない意見に、お互いが目を丸くしていた。

しかしすぐに、その表情は驚きから喜色に染まった笑みへと変貌する。

「決まりだな」

ラティファも俺と同じ意見ならば、最早迷う事はない。俺は一度、視線をぐるりと周囲に向ける。

気配の数は、およそ十人。

どういう理由があって隠れて動向を監視しているのかは不明だが、それも含めて聞き出せばいいだけの話。

「なら、逃げられる前に全員縛っておく」

俺は右足の爪先で地面を軽く突いた後、ひとりごつ。

「――〝影縛り〟」

「――っ……ま、ずッ!?」

直後、勢いよく地面から生えるは、影色の剣。

時刻は未だ朝を迎えておらず、あたりは静かだ。

あちらこちらから聞こえてくる驚愕に満ち満ちた声が、俺の鼓膜を揺らす。

目の前の影からいきなり剣が生えたと思いきや、己の行動が縛られたとあれば、誰だって驚くだろう。

しかし、最早手遅れ。

〝影縛り〟は相手の動きを縛る技。『氷葬』など、例外が一部存在するものの、強引に抜け出すなど本来できるものではない。

……と、そう思っていたのだが。

「――いやあ。半端ないねい、おめえさん。警戒を解いてたらオイラもきっと、今頃あんな風に縛られていたんだろうさ。いやあ、怖い怖い」

とことん俺という人間はツイてないのだろう。

その『例外』にあたると思しき人物の声が、どこからともなく聞こえてくる。

「おめえさんらの実力を測りかねてたんだが、〝英雄〟格が二人ってとこかい。できれば戦闘には持ち込みたくないんでねぃ。話し合いで平和的に解決したいとこなんだ……で、おめえさんらの目的はなんだい」

声のする方へと視線を向けると、そこには神父などが着るようなキャソックに身を包んだ、小柄な男性が一人。

煙管を吹かしながら、悠然とこちらを見据えていた。

「人を捜してる」

「へっ、こんな夜中に入国してきて人捜しかい。生憎、レガリア王国にゃ、人様に捜されるような人間はいないぜぃ？　見たとこ急いでるようだが、万病を治してくれる医者なんてもんもここにはいねえよ」

だから、とっとと出て行ってくれ。

と、言外に訴えかけてくる神父らしき男に対し、俺の代わりにラティファが応えた。

「ゼィルム・バルバトス。彼がレガリア王国にいるとお聞きし、こうしてやって参りました」

「なんだ、おめえさんら、あの火傷男を捜してんのかい」

どうやら、ゼィルムの事を知っているらしい。

ならば話は早い。そう思った俺であったが、何故か神父らしき男は小さく首を横に振った。

「だったら、諦めた方がいいぜ？　捜したところで時間の無駄だ。アイツは誰かに手を貸すような奴じゃあねえ」

「……どうしてですか」

「アイツはよぉ、人を信用してねえのさ。だから、誰かと手を貸し借りするなんざ、ありえねえってわけでぃ……だが、火傷男に用があると言ってくれたお陰で、おめえさんらの目的は分かった」

少し考えれば簡単に分かる。

俺達をつけていたのだから、俺達が帝国に続く道を進もうとして止められていたのを、彼は知っているはずだ。

そして、『虚離使い』という二つ名からして、移動手段に関する能力を持つ〝英雄〟を捜している、と。

ここまで分かれば、答えは言ってしまったようなもの。

「——帝国に、一体なんの用があるんでぃ」

若干、張り詰めたような声音であった。

返答次第では、対応を考えなければならない。そう言っているとも捉えられる。

「あんたには関係のない事だろ」

「いやいや、そういうわけにもいかねえだろい」

神父らしき男は不敵に笑う。

「おめえさんらにはおめえさんらの事情があるように、オイラにもオイラの事情ってもんがある」

それが一体どのような事情なのか、彼がそれを口にする様子はない。

しかし、帝国に用事がある人間を見過ごすわけにはいかないのか。どこか飄々とした様子であるにもかかわらず、相手の小柄な体躯からは闘気が立ち上り始めていた。

「オイラの事情が知りてえんなら、まずはおめえさんらの事情を話せ。それが筋ってもんだろい。それを拒むんなら仕方ねえ、ここでどんぱちやるしかねえよなあ？　く、カカッ」

他の監視者達の行動は未だ〝影剣〟で縛っている。故に状況は二対一。

どこからどう見ても自分が不利である事は明らか。にもかかわらず、どんぱちやるしかねえと彼は宣う。

……できれば戦闘に持ち込みたくないんじゃなかったのかよ。

そう指摘してやりたかったが、彼の申し出は、事この場に限り、存外悪くないものに思えた。

ここで騒ぎを起こせば間違いなく、先程俺達を追い返した連中もやってくるはず。ならば、その混乱に乗じて帝国に向かう——その選択肢もありか。

しかし。

「殿下。ここは一つ、話してみてはいかがでしょう」

男の闘気に応じようとしていた俺を、ラティファが止めた。

「あの方が帝国の人間であるのならば、どうせ倒さなくてはいけませんからねえ。となると、早いか遅いかの違いでしょう？　でも上手くいけば、『虚離使い』さんの居場所を教えてくれるかもしれません。ここは話してみるべきです」

仮に教えてくれたところで、出会ったばかりの人間の言葉を理由もなく信じる程、めでたい頭をしているつもりはない。

だから、どんぱちを起こして混乱に乗じるくらいがちょうどいいと思ったのだが、どうにもラティファは違うらしい。

「それに、これから何があるか分かりません。無闇矢鱈に体力を消費する行為は、賢いとは言えませんしねえ」

そう言って、彼女は若干の呆れが交じった視線を向けてくる。

全て、確かにと納得できる発言ばかり。ラティファのその視線から、俺は堪らず顔を背けた。

そして、一拍、二拍と間をあけ。

「……帝国に、乗り込みたい。俺の不始末の、清算をしたい」

俺はため息交じりにそう口にした。

「……不始末の清算だあ？」

「殺し損ねていた奴を、殺したい」

ラティファにさえも、伝えていなかった事実。

本当は、殺し損ねたというより、殺し尽くしていなかった己の不始末、と言うべきだが、誤差のレベルだろう。

そんな事を考えていると。

「く、カカッ、呵呵呵呵‼　ほう、ほう！　ほう‼　なるほど、帝国に乗り込んで殺してえ奴がいると。なかなか面白い事を言うなおめえさん」

上機嫌に、神父らしき男は笑い始める。

「だがよお、帝国は正真正銘の魔窟でい。余所者が入り込んだ途端に、殺されちまうって噂よ。〝英雄〟や得体の知れねえ化け物がはびこる帝国に乗り込んだが最後、おめえさんら二人だけじゃあ、袋叩きにあって殺されるのがオチだろうぜ？」

忠告のようだが、そんな事は彼に言われるまでもなく理解している。

「ああ、そうだろうな。流石の俺も、何もかもが都合よくいくと思える程めでたい頭は持ってねえよ。ただ、今何もしなければ、死んでほしくねえ奴が死んじまう」

「だから、向かうってえ？　だから、レガリアに来たってえ？　だから、火傷男を捜してるってえ？　だから――命を張りに行くって、そう言うのかい、おめえさん」

念入りに問い掛けてくる神父らしき男の瞳はどこまでも真っ直ぐで、ひたむきで、一瞬とて揺るがなくて。

「ああ」

「……迷う素振りはなし、かい。はっ、とんだ大馬鹿野郎がオイラの前に現れやがった。はっきり言ってやろう。救えねえ野郎だよ、おめえさん」

男は心底呆れていた。

しかし、少し前まで立ち上らせていた闘気は彼の身体から消え失せていた。

少なくとも、俺の答えは敵視するべきものではないと判断してくれた、という事なのだろう。

「だが、よ――オイラ個人としちゃあ、そういう答えは嫌いじゃねえ。むしろ、好みと言っちまってもいい。それに、帝国の連中は気に食わねえ奴らばっかだ……ま、だから、なあ？」

そう言って、愉しげに男は唇を吊り上げる。

「帝国に殴り込みをかけるってんなら、取り敢えずおめえさんはオイラの敵じゃあねえ。だからひとまず、挨拶といこうじゃねえか。オイラの名はイェルク。イェルク・シュハウザー。そら、おめえさんらもオイラに名乗れや」

# 第十話　味方か敵か

「ファイにラティファ、ねぇ。よし、覚えた。それで、おめえさんら、時間がないんだっけかい」

イェルクと名乗った男は、俺とラティファの名前を復唱（ふくしょう）した後、俺に確認の言葉を投げ掛けてきた。

「ああ」

「なら取り敢えず、火傷男の家にでも行ってみるかい？　恐らく、門前払いになるだろうけどねぃ」

それでもいいなら案内をしてやると言うイェルクに、刹那の逡巡すらなく俺は首肯（しゅこう）した。

「ああ、それと。その縛りはまだ解かないでくれるかい。街の警備を担（にな）ってる人間が、いとも容易（たやす）く無力化されちまった。幾ら相手が悪かったとはいえ、その罰は受けさせねえと」

〝影縛り（スパーダ）〟によって行動を縛られたままの連中を指して、イェルクはそれだけ告げると、俺に背を向けて歩き出した。

「……もしかして、あんたもレガリア(ここ)で警備の任を？」

「おいおい。おめえさんの目は節穴(ふしあな)か？　オイラの格好はどこからどう見ても神父だろうがい」

　罰を与えておけというイェルクの物言いからして、彼も街の警備をする人間、それも纏(まと)め役を任された人なのかと思ったものの、違ったらしい。

「オイラはただ、興味本位で覗きに来ただけの神父さんよ。それ以上でも、それ以下でもねえ。ただ、レガリアの中じゃあ割と顔が利(き)く人間ではあるがねぃ」

　だから、不要な詮索はしてくれるなと、イェルクは言う。

　そんな中、先を歩き始めた俺とイェルクの背中を追いかけるラティファは、眉根を寄せて悩ましげに唸(うな)っていた。

「イェルク・シュハウザー……この名前、どこかで聞いた事があるんですよねえ」

　どうやら、その名前に心当たりがあるようで。

　しかし思い出せないのか、難しい表情を浮かべて隣を歩く。

「〝英雄〟か何かなんじゃねえのか」

　事前知識があったかなかったかは不明だが、不意をついた〝影縛り(スパーダ)〟を強引に破るのではなく、綺麗に躱(かわ)してみせた。

　恐らく、イェルクの反射神経や勘(かん)の良さは群(ぐん)を抜いているはずだ。だとすれば、〝英雄〟であると言われても納得するしかない。

だが、ラティファはやっぱり首を傾げる。

「いえ。〝英雄〟でイエルクなんて名前は聞いた事がありません。ただ、どうしてか、ずっとずっと昔に聞いた気がするんですよね」

「……ま、本当に覚えがあるならいつか思い出せるだろ。そういう事は、ふとした時に出てくるもんだ」

だから、深く悩んでも仕方ねぇんじゃねぇの。

そう言ってやると、それもそうかと納得したのか、ラティファの額に刻まれていた皺が消えていく。

そして、彼女はイエルクに声を掛けた。

「そういえば、イエルクさん」

「なんでぃ」

「貴方の言う事情って、一体何なのですか？」

俺達には俺達の事情があるように、自分にも自分の事情があるとかなんとかと、先程イエルクは言っていた。

ただで通すわけにはいかない、といった物言いであったはずだ。

「簡単な話よ。帝国には肩入れをするな、ってオイラの恩師が言うもんでさ。まぁ、その人に恩がある手前、従わないわけにはいかなくてねぃ。律儀に守ってるってだけの話よ」

　この言葉を聞く限り、俺が帝国に仇なす人間であると判明しなければ、また違った展開になっていたのだろう。

「ただ、帝国に肩入れするなとは言われたが、帝国と敵対する者をどうこうしろ、なんて事は言われてねえ。なんなら、帝国連中になら灸を据えても私が許す、なんて言われてるくらいだぜぃ」

　だから、オイラがおめえさんらをどうこうする事は今のところねえから安心しな、と締めくくった。

　永世中立国の人間のくせに、帝国に対しての敵愾心は隠そうともしないんだなと、突っ込んでやりたくなる。

　しかし、ラティファは気にせず会話を続ける。

「まぁ、そこら中から恨みを買っていそうな国ではありますからね」

「そういうこった。とはいえ、オイラがおめえさんらを火傷男のもとに案内する理由はそれだけじゃねえんだけどねぃ」

　敵の敵は味方。そんな考えに基づいて俺達に親切を働こうとしているのかと思いきや、どうやらそれは違うらしい。

「じゃあどうして――」

――ゼィルム・バルバトスのもとへ案内してくれるんですかと、ラティファが尋ねようとしたその瞬間に、イェルクの声が被さった。

「そんなの決まってらあな。ただ単純に、そうした方が面白そうだからよ」

「……へっ？」

予想だにしない答えだったのだろう。ラティファの口から素っ頓狂な声が漏れ出た。

深い理由もなく、ただ単純に面白そうだから手を貸す。そのとんでもない答えに、素直になるほどと頷けるはずがない。

「たった二人で帝国に乗り込んで、掻き乱して、そんでもって誰かを殺すんだろい？　実に面白そうな話じゃねえか」

背を向けているイェルクの表情は見えないが、ケタケタと笑い声を上げるその様子から、今の彼がどんな顔をしているのかすぐに想像がつく。

「それとも、こんな理由で手を貸されるのは不服かい」

神父扱いしろと言っておきながら、彼の言葉は到底、人を導く存在のものとは思えない。

煙管を吹かし、反射神経はそこらの戦士とは比べものにならないくらい圧倒的。

当たり前のように、どんぱちやるしかねえ、なんて言葉を言ってしまう。

彼が世間で認識されている神父とは異なる存在である事は、一目瞭然であった。

「いえ。少し驚いてしまっただけです。どんな理由であれ、手を貸してもらえるのであれば構いませんよ」

ですよね？——と確認してくるラティファの言葉を俺が肯定すると同時に、煙管の煙がぶわっ、と吐き出された。

「へへっ、そうこなくっちゃなあ？　帝国にたった二人で喧嘩を売ろうって奴らが、理由一つに拘るような小せぇ奴らだったら、腹抱えて笑い転げるとこだぜ」

イェルクは楽しそうにくつくつと笑って身体を揺らす。言葉の通り、彼は本当にこの状況を楽しんでいるようだ。

そして、そこで会話が途切れ、沈黙が降りた。

イェルクの背中を追いかけて歩く事数十分。一刻も早くという気持ちを押し殺し、黙って後をついていっていた俺達であるが、不意にイェルクの足がぴたりと止まった。

目の前には、簡素な家が一つ。

生い茂る木々の中にぽつん、と一つだけ存在しているその家は、どことなく生活感があった。

「急いでるってのに時間食って悪かったねぃ。あの野郎、〝英雄〟のくせして〝ど〟が付く程の臆病者でよう。急いで近づくと持ち前の能力使って逃げちまうんだわ」

だから歩いて向かう必要があったのだと話すイェルクは、その家のドアを無遠慮に押し開け、「ゼィルムのアホはいるかい」と言いながら中へずかずかと踏み込んでいく。

「……なんの用だ、クソ神父」

家の奥から、不快感をこれっぽっちも隠そうとしない声が返ってきた。

「ちょいと、おめえさんに用があるって連中を連れてきてよう。どうせ暇してんだろい？ 力貸してやれや」

「ああ？」

勝手に入ってくんな、とイェルクを追い返し、家の中から顔を覗かせたその男に、俺は見覚えがあった。

以前見た時と違ってパーカーコートを目深に被っていない為、顔にあるひどい火傷痕がよく見える。加えて、その嗄れた声にも覚えがあった。

間違いなくコイツは、サーデンス王国領の孤島で吸血鬼ヴェルナーと戦った後に出会った者の一人。

確か、リーシェン・メイ・リィンツェルの側にいた男だ。名は最後まで聞く機会がなかったが。

「あんたが、ゼィルム・バルバトスだったのか」

「……テメェは――」

向こうも、俺の事に気づいたのだろう。

唯一ラティファだけがどういう事なのか理解できていないようで、不思議そうに首を傾げていた。イェルクはイェルクで、ゼィルムの反応で何かを察したようだ。

「——っ、おい、クソ神父。俺に用がある連中と言ったな？　……一体コイツは、俺に何をさせようってんだ」

しかし、ゼィルムは俺の正体に触れるより先に、イェルクを問い詰め始める。

「帝国行きの片道切符が欲しいんだと。道が塞がってて自分の力じゃ通れねえから、おめえさんの力を借りたいそうだぜぃ？」

「……何を勘違いしてるのか知らねえが、俺の能力は万能じゃねえ。それに、送れるとしても精々十人が限界だ」

「呵呵ッ。おめえさんも分かってねえなあ。考えてもみろ。その前提を知らねえオイラじゃねえだろい？」

大人数を帝国に送り込むという事であれば、お前のもとに連れてくるわけがない。

イェルクから言外にそう指摘され、ゼィルムは目を剥いた。やがて俺達に向けられた瞳は、まるで正気を疑っているようでもあった。

「テメェ、本気か？」

「本気も本気だ。じゃなかったら、わざわざレガリアまで来てねえよ」

「……」

やめておけ、と言っても俺が素直に従わない事は、彼の目から見ても明らかだったのだろう。

「……テメェが知っているかどうかは知らねえが、俺はテメェに少なからず恩がある」

グレリア兄上達があの孤島に向かった理由――『虹の花』。

ゼィルムもまた、それを欲していた。孤島に同行した〝英雄〟ロウル・ツベルグが、帰りの船の上でそう教えてくれた。

つまり彼が言う恩とは、吸血鬼ヴェルナーを俺が倒した事で『虹の花』が手に入った、という事だろう。

ならば、話は早い。

「そうか、じゃあ返せ。俺があんたにやった恩、全部全部ここで返せ。それで、チャラだ」

本当に恩を感じてるのなら、それに報いろ。

ゼィルムが俺の身を少なからず案じている事を知った上で、俺はそう言ってやる。

敵が溢れているから。

危険だから。

そんなもの、今は二の次だ。

しかしゼィルムは、顔を顰めて反論をしてくる。

「……テメェの事情は知らねえがな、帝国に何人の〝英雄〟がいると思ってやがる。俺が知るだけでも三十は下らねえ。そんな魔窟にテメェら二人でか⁉　……馬鹿げてやがる。それに、敵は〝英雄〟だけじゃねえんだぞ」

〝異形〟だろう？

そう返してやろうと思ったが——やめた。

俺は、そいつらを殺し尽くす為に、そいつらを生んだ救えねえ野郎を殺す為に、帝国に乗り込むんだ。だから、そんな事は言われずとも分かってる。

その心情を曝すように、俺は不敵に笑った。

……イカレてやがる。

そう言わんばかりのセィルムの視線が少しだけ懐かしくて、それでもって、心地がよかった。

「く、ククッ、カカ、呵呵呵呵ッ！　なぁ、ゼィルム。何を悩む必要があるんでぃ。恩があるなら、そこの坊主の言う通りよ、返してやれいいいや」

破顔するイェルクのその言葉に、ゼィルムの表情は更に曇る。

それは、その言葉が正論であると認識しているからなのか。はたまた、彼の言葉に逆らえない理由でもあるのか。

しかし、そんな事はどうでもよかった。

イェルクとゼィルムの間にどんな事情があろうと、帝国に送ってくれるのであれば、俺はそれでよかった。

## 第十一話　三人目の

沈黙が降りる。

やがて、己が折れるしかないと判断したのか。ゼィルムは消え入りそうな声で「……分かった」と口にした。

「ただ、テメェらは先に行ってろ。送ってやるにせよ、俺にも準備ってもんがある」

至極当然である。

俺はラティファと共にその言葉に従い、門前払いされた門の付近まで先に引き返す事にする。

その際、ゼィルムがイェルクに対し、テメェはここに残れなどと言っていたが、その理由を俺は知る由もなかった。

「一体、どういう風の吹き回しだクソ神父」

ファイとラティファが立ち去ったのを確認した後、悪態を口にしたのは火傷顔の男、ゼィルム・バルバトス。そしてその視線の先には、面白おかしそうに破顔する男、イェルク・シュハウザーがいた。

「なんで、あのガキに手を貸してやがる」

その疑問はもっともだった。

イェルク・シュハウザーという人間も、ゼィルムと同様に誰に対しても手は貸さないと公言していた側の人間であったはずだから。

だから、ゼィルムは尋ねずにはいられなかった。

「そう、だなあ。確かに、誰にも手を貸す気はなかった。だが、あの影色の剣を見ちまったからには、手を貸さないわけにはいかなかったんでい。そうした方が面白くなりそうだった。過去の言葉よりも、好奇心の方が勝っちまった。ただそれだけの話よ」

「はぁ？」

「まぁつまり、あの坊主とオイラは全く知らねえ仲ってわけじゃあなかったって話だわな」

……なるほど。知己であったが故に手を貸したのか——そう納得できたならば、随分と楽だっただろう。

ゼィルムはファイを知っている。滅多に表舞台に姿を現さない、引きこもりの王子である事を。

そして、これまた同様にレガリア王国に引きこもっているイェルクが、ファイと接点を持っているはずがないのだ。

しかし厄介な事に、イェルクに嘘をついている様子は微塵も感じられない。

だから、ゼィルムはどうしようもなく納得ができないでいた。

「とはいえ、オイラとあの坊主は、お世辞にも仲の良い関係じゃあなかったけどねい。ま、端的に言やぁ――殺し合いをした仲さ」

その言葉のせいで、ゼィルムの頭は更にこんがらがる。

このクソ神父は、一体何を言っているのだ。

彼が発する言葉は、ゼィルムの理解の範疇を超えていた。

少なくともここ数年は、イェルクが誰かと戦ったなんて話は一切出ていない。だったら更に遡る? いやしかし、それだとファイの年齢とつり合わなくなる。

そんなゼィルムの困惑など知らんといった様子で、イェルクは話を進めてゆく。

「だからこそ、面白くて仕方がねえのよ。今のままだとあのファイって坊主は十中八九死ぬ。オイラが断言しよう。あのままなら、アイツは間違いなく無様に死に晒すぜぃ」

そこで納得がいく。

なるほど、イェルクはファイを殺したかったのかと。だから、ああやって手を貸すフリをしたのかと。

「――いんや、それはちげえ」

しかし、ヴィルムの頭の中を見透かしているかのように、的確なタイミングで否定の言葉がやってきた。

「オイラは言ったろ？　面白そうだから手を貸した、ってよ。結末が決まり切ったシナリオ程、つまらねえもんはねえ」

イェルクは間違いなく死ぬと言いながらも、まるで保険のように、十中八九と相反する言葉も口にしている。

それが彼なりの期待の表れであり、彼の言う面白さの正体でもあった。

「アイツはオイラの想像を超えてくんのさ。前もそうだったからねぃ。だから、手を貸したくなったのさ。腑抜けちまった鬼が、一体どこまでやれんのかを見たくてよぅ」

呵呵呵呵ッ、おめえにゃ分からねえか。と心底愉しそうに笑うイェルクを見るのは、ヴィルムにとって初めての事であった。

「アイツはまだ分かっちゃいねえ。〝異形〟や、〝行商〟やオイラ達を殺せてた時のてめえ自身の状況をよぉ。アイツは強いさ。強い。確かに強かった。だが、アイツが無類(むるい)の強さを誇っていたのは、一人だったからよ。孤独だったからよ。何も、失うものがなかったからよ。周りに誰もいなかったから、アイツは強かった」

しかし今はちげえだろい。

そう言ってイェルクはどこまでも笑う。

瞳に浮かぶ煌めきは、まるで正気を失っているように見える程であった。

「誰かを守って死ぬもよし。誰かに守られてまた独りになるもよし。全てを取りこぼして無力を知るもよし。全てを守り切り、幸せに溺れるもよし。たとえどうなろうとも、オイラ的には面白えのよ……ま、その果てにまた修羅になるってえんなら、オイラも相手してもらうってのもありよなあ。く、クク、呵呵呵呵ッ‼」

イェルクのその言葉に、悪意はない。

それはただ、事実を事実として並べているだけ。

しかし、解せない部分は多くあった。

特に……ずっと昔に殺し合いをしたかのような、その物言いについて。

だから思わず――

「……間違っても、今のテメェは神父にゃ見えねえな」

そんな感想がゼィルムの口を衝いて出てきたのだろう。

「でも、今のオイラは最っ高に愉しそうな顔してるだろう？　ま、元々、こっちが本性だからねぃ」

　これっぽっちも隠そうとせず、イェルクは未だ破顔し続けていた。

「にしてもまさか、アイツが転生してたとは。もしいるとすれば、あのいけ好かねえ白髪あたりと思ってたんだが……」

　そう言いながらイェルクが思い浮かべたのは、色が抜けたような白の髪を首の後ろで結っていた男の姿。

　顔には常に薄気味悪い笑みを貼り付け、その仮面じみた表情のままひたすら戦うやばい奴。

　得体の知れなさで言えば群を抜いて一位。

　確か名は――

　と思い出そうとしたイェルクの耳に、首を傾げて呟くゼィルムの声が入り込んだ。

「……転生？」

「おっと、いけねえ。気分が高揚し過ぎてっからか、口が軽くなっていけねえや」

　参った、参ったと言わんばかりにイェルクはぽりぽりと頭を掻く。

「兎も角、オイラがファイって坊主に手を貸す理由はそういうこった。オイラはあくまでオイラの為に手を貸すだけ。それ以上でも、それ以下でもねえよ」

　これでもまだ文句があんのかい。そう問うてくるイェルクに、ゼィルムが言い返せるはずもなく。

「……人の生き死にを楽しむなんざ、趣味がわりぃにも程がある」

そう言うのが精一杯であった。

しかし、至極真っ当とも思える彼の言葉に対して、イェルクは疑問符を浮かべた。

「そうかねえ？　動機はどうあれ、オイラとファイって坊主の利害は完全に一致してると思うがねい」

容姿は三十代後半といったところのイェルクであるが、実際の精神はそれを優に上回っている。そして、同じ時代を生きた人間だからこそ、彼はファイの根底に据えられている想いに気づいてしまっていた。

「むしろ、感謝してほしいくれえだがなあ」

「……意味が、分からねえ」

ゼィルムが先程から不機嫌な目付きでイェルクを睨め付けている理由は、ファイという者が彼にとって恩人の枠に入る人間だからだ。

孤島の『虹の花』のお陰で、彼は家族を救う事ができた。だから、今のイェルクの態度に不快感を隠そうともしなかった。

生き死にの行く末を眺める行為を、面白いと言う人間が。そして、死地へ向かう事に対して背を押した人間に感謝しろと言う、イェルクの言葉の意味が。ゼィルムには、分からなかったのだ。

「誰かの為に死ぬ。宿願を果たして死ぬ——どう考えても、素晴らしい死に方だろうがい？」

その言葉を聞き、ゼィルムがイェルクの胸ぐらを掴む。

「……何が素晴らしいだ」

一方、イェルクは確信していた。もしこの場にファイがいたならば。まず間違いなくこう言っただろう。

——違いない、と。

こればかりは、叩いて直るものでもなかった。表面ではまともを装っているが、根本はきっと何も変わっていない。

笑って、死にたい。

いつか漏らしていたその願望は、きっと未だ変わっていない。満足して死んで逝った連中に向けていたあの羨望は、きっとまだファイの胸の内にあるはずだ。そう確信しているからこそ、イェルクは逆にゼィルムの気持ちがさっぱり分からなかった。

「テ、メェ……」

そして恨みがましい視線を向けてくるゼィルムに対して、イェルクは「おめえさんも物分かりが悪いねぃ」と言わんばかりにへらへら笑う。

「どうしたよ、ゼィルム・バルバトス。おめえさんらしくねえじゃねえか」

「……妹の、命を救ってくれた恩人の一人を俺が殺したと。そうアイツに言えってのか」

絞り出すようなその声は、まるで心が張り上げる悲鳴であった。

切実な、訴えのようでもあった。

しかしイェルクは言う。

「んなもん、オイラの知ったこっちゃねえ。だがよ、恩があるってんなら手ぇ貸してやりな。それが、恩返しってもんだろうが」

たとえその末路が、死であろうとも。否、死であるなら尚更、アイツにとっては最大の恩返しになるだろうよう。

……ただ。

「何より、おめえさんだって気持ちは分かんだろぃ？　誰かの為に命を張ろうとする馬鹿の気持ちはよぅ。根っこの部分は全く別モンだが、動機は以前のおめえさんとなんら変わらねえよ」

「…………」

イェルクのそのひと言に、ゼィルムは口を真一文字に引き結んだ。

かつて妹の病を治す為、もう時間は残されていないからと生を投げ出す事を覚悟し、一人で孤島に乗り込もうとすらしたゼィルムだからこそ。そのひと言に口籠らずにはいられなかった。

「おめえさんが妹を守りたかったように、あいつだって誰かを守りてえんだ。だったら、どんな事情があれ、馬鹿な行為であれ、手ぇ貸すのがてめえの役目さ。なあ？　ゼィルム・バルバトス？」

イェルクがファイの行く末を心底楽しんで見ている。それは紛れもない事実である。

そして、自殺志願者にしか見えない行為をファイが望んでいるのも、また事実。

ただ、イェルクが指摘したように、ファイもまた、いつぞやのゼィルムのように誰かの為に帝国に向かおうとしている。その為に、無謀を敢行しようとしている。

ならば、その気持ちを理解できるお前は、誰よりも彼に手を貸すべき人間だろうが、と。

「…………くそったれ」

ゼィルムは顔を顰めるだけで、イェルクのその言葉に反論する言葉を紡ぐ事ができなかった。

# 第十二話　墓荒らし

ゼィルムの言葉に従い、イェルクと出会った場所まで戻る道中、唐突に俺らの側に人影が二つ現れた。

ゼィルムの家を出てからまだ十五分程。案外早い準備だったな。

そんな感想を抱きながら、『虚離使い』と呼ばれるゼィルムの能力で現れたのであろう二つの人影に視線を向ける。

いつぞやと同じ黒のパーカーコートのフードを目深に被ったゼィルムは目に見えて不機嫌そうで、神父然とした格好のイェルクは、どうしてか楽しそうに目尻に皺を作っていた。

……恐らく、二人でいた間にひと悶着あったのだろう。

「なぁ、ファイの坊主。おめえさん、言ってたよな。今向かわねえと、死んでほしくねえ奴が死んじまうってよう。それってもしかしなくとも、獣人共の事かい？」

イェルクが俺に声をかけてきた。

それは、ゼィルムと会う前に交わしていた会話の、答え合わせであった。

「だったら、オイラは向かう場所をそっちに変えるべきだと思うぜ？　何せ、獣人共はもう既にどんぱち始めてるみてえだからよう」

しかし、イェルクのその言葉は信じ難いものであった。

帝国はレガリア王国の目と鼻の先。

戦いが始まったならば、それなりの音が聞こえてきてもおかしくない。

だが、一向にそんな様子は感じられない。

それに、リヴドラが帝国に向かう際に使っただろうルートは、レガリアとは正反対に位置している。

俺達のように外から来たわけでもないイェルクがその事実を知っている事に対して、素直に納得ができなかった。

「……なんで、あんたにそれが分かる」

「オイラの能力を使えば朝飯前っつーだけの話でい」

そう言って、イェルクは不敵に笑い、続けざまにひと言。

「起きろ、〝屍骸兵(ネフティス)〟」

すると、イェルクの側の地面がボコボコと隆起(りゅうき)し始め、土塊(つちくれ)や砂の塊(かたまり)を巻き込んで次第に人の姿を模(かたど)った。

「レガリアには言わずもがな、帝国の付近にもコイツらを放っていてねぃ。オイラはこれを目や耳代わりに使ってるのさ」

だから分かるのだと彼は言う。そしてこんな情報も付け加えた。

「確か、帝国には音を消せる〝英雄〟がいたはずよ。だから音が聞こえてこねえんだと思うがねぃ。ま、信じるか信じないかはおめえさん次第だがな」

音を消せる〝英雄〟。

もうなんでもありだなと呆れるも、何十と〝英雄〟がいるのであれば、そんな〝英雄〟がいてもおかしくはないかと納得した。

「なんで、助けに向かうってんなら早くした方がいいと思うぜ？　帝国の〝英雄〟ってのは一部を除いて見えねえ首輪が付けられてっからよ。だから容赦なんてもんはねぇし、たかだか数人しか〝英雄〟がいねぇ獣人共が攻め込むなんて、オイラからすりゃ自殺行為にしか思えないねぃ」

……それは、俺も知る事実であった。

城の中で自爆して命を絶ったあの騎士から、身をもって教えてもらっていたから。

間違いなく、危険だろう。

ラティファは言っていた。フェリが、あれだけ拘っていた俺の監視めいた護衛の役割を放り出してまであちらに向かった原因は、自分にあると。だけど、俺が思うに理由はそれだけではない。

何か、彼女の中で譲れない事情があって、向かうしかなかったんだろう。

そして、俺をそれに関わらせたくなかったから、俺に何も言わなかった。

考え過ぎかもしれないが、ラティファはフェリの置き手紙が一枚だけであったとはひと言も言っていない。

フェリの性格を考えれば、俺には知らせないでくれという書き置きを残していてもおかしくなかった。

そして、何をおいても行こうというその気持ちが、痛いくらいに分かってしまった。他でもない俺自身が、一人で帝国に向かい、過去の清算をするつもりでいたから。

だから。

「……それでも、行き先は変わらねえよ。さっさと帝国に連れてけ」

そう言うと、意外そうな目でイェルクが見つめてきた。彼だけじゃない。ラティファまでもが。

「……アイツにも、アイツの事情がきっとある。アイツだって戦えないわけじゃないし、何よりフェリ自身が、俺の介入を望んでいない」

決して、見捨てたいわけじゃない。

でも、自分の事情に巻き込んで誰かを死なせるなんて御免だ——そう思っていた俺だからこそ、助けに向かうと言うのが憚られた。

だから、俺は俺の事情の為に、帝国に乗り込む。その上で、可能な限り帝国の戦力を俺自身に向けさせる。今の俺ができる事といえば、本当にそれくらい。

「なるほど。確かに、メイド長は殿下の介入を望んではいないでしょうねえ。それに、殿下の能力は、守るという行為には絶望的なまでに向いてない」

一人である程真価が発揮される能力であると、ラティファが言う。

「ならば必然的に、これからメイド長達を襲うであろう障害を殿下が先に倒してしまった方が良いとも言える。いえ、殿下の目的や、能力を考えればそれが最善ですね」

しかし、その場合どうしても、少なからず不安が残ってしまう。

そんな俺の頭の中を見透かしているかのように、的確過ぎる言葉が続けられた。

「なのでこの場合、メイド長の助けに向かうのであれば、私が適任でしょう。貴方もそうは思いませんか？　ねえ？　『墓荒らし』のイェルク・シュハウザーさん？」

聞き慣れない言葉を口にしながら、ラティファはイェルクに同意を求めた。

僅かに瞳の奥に驚きの感情を湛えた後、イェルクの口元が微かな弧を描き、呵呵と笑い声が漏れる。

「……おいおいオイ、その名でオイラを呼べるってこたぁ、なんでぃ。おめえさんもこっち側かい」

なんの事を言っているのか、まるで分からなかった。

ただ、ラティファがイェルクの事を少なからず知っているという事実だけは、辛うじて理解できた。

「まさか過去の亡霊が三人もいたとはなぁ？　こりゃ傑作(けっさく)だ。しかも、だ。その三人全員が、てめえの意思で表舞台に立つ事を望んじゃいなかった……まあ、それもそうか。戦闘狂にとっちゃ、この世界はぬる過ぎて剣を執(と)る気にすらなんねえし、平和を望んでた奴らはそもそも剣を執る理由がねえ」

過去の亡霊。

自分自身の事をそう認識していた俺にとって、その言葉は馴染みのあるものだった。

そして何より今、イェルクは俺を見てその言葉を使った。お前も、過去の亡霊であると指摘するように。

……とすれば、ある可能性が浮かび上がる。

無意識のうちに、それだけはあり得ないと否定してしまっていた一つの可能性。

転生者(俺のような人間)が、他にもいた、という可能性だ。

もしそうならば、色々と納得できる。ラティファも含めて、過去の亡霊と言い表したイェルクの言葉は、不思議と胸にすとんと落ちた。

それに、ずっとずっと昔の記憶を掘(ほ)り返すと、先程ラティファが口にした〝墓荒らし〟という呼び名にも心当たりがあった。欠けていたパズルのピースがカチリカチリと音を立てて次々と嵌っていく。

「だが、オイラ達は別として、あのバケモンを恨んでた連中は出て来ざるを得なくなったってところかねい」

前世の世界では三種類の人間がいた。

一つは根っからの戦闘狂共。

剣を振るい、戦場で死ぬ事を望むイカれた連中。ただただ、強い奴と戦いたい。強くなりたい。満足感に浸りたい。そんな感情ばかりで命のやり取りをする奴ら。

もう一つが、世界の救済を謳う〝黒の行商〟と、それに付き従う連中。

そして最後に、その救いを否定せんと戦っていた奴ら。

イェルクの言う「恨んでいた連中」というのは間違いなく、三つ目にあたる者達の事だろう。

ただ、その事実を懐かしげに語るイェルクが、考古学者であったコーエンと同類であるとは、とてもじゃないが思えなかった。

加えて、ラティファのお陰で思い出せたが、イェルク・シュハウザーという名前は、前世にて『墓荒らし』と呼ばれていた戦闘狂と同じ名前であった。

そしてあろう事か。

見たところ、その能力も全く同じ。

俺と同様に、前世と全く同じものであった。

「そう睨んでくれるなや。言ったろ？　オイラは面白そうだから手を貸すだけってよう」

だから、警戒するだけ無駄であると彼は言う。

「そもそも、戦う気があんならとうの昔におっ始めてるぜ？　してねえって事はつまりそういうこった。何より、この時代の奴らはどいつもこいつもそそらねぇ」

だからオイラの出る幕はねえのさと、あっけらかんと言い放った。

「しかし驚いたねぃ。死体を操るオイラは死体に残っていた残留思念から偶然記憶を取り戻せたクチだが、おめぇさんらにそんな能力は備わってねえ。ならば、血統技能かぃ。記憶を受け継いだまま当たり前のように転生させるなんざ、とんでもねえ技能を持った野郎もいたもんだ。ま、つーわけだ。話を戻すが、獣人共が心配なら、そこの嬢ちゃんに任せた方が良いとオイラも思うぜい」

そんな中――

「……で、結局俺はテメェらをどこに送りゃいいんだ。時間、ねぇんだろ？」

すっかり蚊帳の外に置かれていたゼィルムが、会話に割り込み、不機嫌そうに尋ねてくる。

「片道しか面倒は見られねえが、その代わり好きなところに連れてってやる……ただ、帝国の城内に用がある場合は、城の目の前までしか連れて行ってやれねえ」

「どうしてですか？」

「あそこの城には、よく分かんねぇ結界が張り巡らされてんだ。そこのクソ神父曰く、どっかの〝英雄〟の仕業らしいんだが、城の中に転移しようにも、俺の能力だと弾かれやがる」

だから、城の中に用があるのであれば、自力で進んでくれとゼィルムは言う。

「で、テメェらの行先はどこだよ」

「私はメイド長が心配ですので獣人の方々に近く、尚且つ見晴らしの良い場所があればそこに」

「俺は、場所を知らねえんだ」

ラティファに続けて答えた俺の言葉を聞き、ゼィルムの表情が歪む。

「……ああ?」

「殺したい奴の正体は分かってる。でも、それを聞いただけで、どこにいるかまでは聞いてなかった」

「安心しろよ。おめえさんの目的の奴は、城ん中にちゃんといるぜい?」

すると、内心を見透かしたように、イェルクが割って入る。

「……どういう事だ、クソ神父」

「コイツの殺してえ奴ってのが、間違いなく帝国の皇帝だからに決まってんだろい」

俺の過去を知っている人間であれば、その答えに辿り着く事は簡単である。

ただし、それは帝国の内情も知っている事が前提になるのだが。

俺はもしやと思ってイェルクを見つめる。

「おいオイ、勘違いしてくれんな。言ったろ？　オイラはレガリアじゃあ顔が利くってよう。だから隣国の事情をそれなりに理解してても、なんら不思議じゃねえだろい……それに、オイラは『墓荒らし』のイェルク・シュハウザーだ」

イェルクはそう弁明したが、何を思ってか、程なく口元を獰猛に歪めた。

炯々としたその瞳は、まるで獲物を前にした肉食獣のようでもある。

「『墓荒らし』は誰かの下につく気はねえし、誰を頼る気も、背中を預ける気も、更々ねえ。群れるなんて論外よ。何より、あの皇帝におめえさんをぶつけるっつー面白え選択肢をドブに捨てるオイラじゃねえさ。剣戟の果てにある人の生き死に程、見てて面白いもんはないからねぃ」

その言葉には、不思議と説得力があった。

……ああ、その考えは実にあの世界の住人らしい。心底そう思った。

## 第十三話　見捨てられなくて

遡る事、数時間。

まだ、ファイやラティファがディストブルグの王城にとどまっていた頃。

「待っ、てください……っ、リヴドラ」

ディストブルグから獣人国へと続く道のりを進む、複数の人影。

そのうちの一つ、今しがたの声の主である彼女――フェリ・フォン・ユグスティヌは、前を行く黒帽子を目深に被った男に、はぁ、はぁ、と息を切らしながら呼びかける。

しかし、リヴドラは彼女に背を向けたまま、それに取り合わない。

まるで他に誰もいないかのように、ひたすら歩き続ける。

「――リヴ、ドラッ!!!」

けれども、そのリヴドラの肩をフェリが思い切り掴んだ事で、漸くその足が止まった。

側にいるリヴドラの供回りの人間から厳しい視線を向けられようと、フェリは肩を掴んだ手を退けようとはしなかった。

そして、懇願するように彼女は言葉をかける。

「……考え直してください。まだ、間に合います」

しかし、肩越しに見つめ返してきたリヴドラの瞳は、どこか悲しそうで。辛そうで。怒っているようで。諦めているようで。何故か、同情しているようにも見えて。

決定的なまでの拒絶を孕んだその双眸に、フェリは思わず息をのんだ。

『――帝国に喧嘩を売る。そうすれば、日和見を決め込んでいる老人共も、流石にその重い腰を上げざるを得なくなるだろうからね。できれば彼らの意思で協力してほしかったんだけれど、無理なら仕方がない。当初の予定通り、巻き込むまで』

それは、ディストブルグの城にてリヴドラがフェリに対して言い放った言葉。

獣人国の人間が今回の〝連盟首脳会議（クーリア）〟に参加した目的は、反帝国側の国々を強制的に帝国との戦争に巻き込む事であったのだ。

それを聞かされたフェリは、何を差し置いてでも彼らを止めんと動いた。

しかし彼女のその想いは、どうしようもなくリヴドラには届かなかった。

それどころか、怒りを買う結果に終わってしまっていた。

「……貴方が死ぬ姿は、見たくないんです」

それは正真正銘の本音であった。

けれど、リヴドラはその懇願に対し、だからどうしたと鼻で笑って返す。

そして、余計なお世話であると、言葉を付け足した。

フェリ・フォン・ユグスティヌとリヴドラは、知らぬ仲ではなかった。むしろ、二人は昔馴染みと言える仲であった。

なのに、絶望的なまでに言葉が届かない。

その事実を前に、フェリの表情は悲痛に歪んでいた。

「なあ」

そんな折。

語りかけるように、リヴドラが口を開いた。

「キミは、兄ィがどうして死んだのか、その理由を知ってるか」

リヴドラの言う兄ィとは、王位継承権を持ち、リヴドラを王家に迎え入れた獣人国の第一王子――ガザレアの事であった。

どうして今、それを尋ねてくるのか。その意図が分からず、フェリは困惑する。

「噂は本当だよ。兄ィはおれが殺した。それは正真正銘、間違いのない事実だ」

誰に強要されたわけでも、正気を失っていたわけでもなく、おれの意志で殺したのだと。

抑揚のない声音で彼は言葉を重ねた。

「だから、尚更譲れないんだよ。おれにも、果たさなきゃいけない約束がある。貫かなきゃいけない意地がある。たとえ、無関係な人間を無差別に巻き込もうと、敢行しなくちゃいけない事が――できるなら、キミのところの王子も巻き込みたかったんだけどね。すぐに無理だと悟ったよ。あれは、強固に決められた自分のルールにしか従わないタイプだ。汚名が降り掛かろうと、事態がマイナスに働こうと、徹底して己を貫き通す、兄ィみたいなタイプだ。〝英雄〟と呼ばれるだけあるよ、あの王子は」

「……貴方らしくない挑発とは思っていましたが、殿下を巻き込むつもりだったのですか……ッ」

「使えるものはなんだろうと使う。それの何が悪い」

肩を掴むフェリの力が増そうとも、リヴドラは表情一つ変えずに抜け抜けとそう言い放った。

フェリの知るリヴドフという人物は、冷静沈着なイメージが強かった。だから花屋でのあの態度には多少なり驚いたが、時を経れば人間多少は変わってしまうものなのだと、その時は理解していた。

だが、あの激情は意図したものだったと明かされ、堪らず怒りの感情が漏れ出てくる。

しかし、リヴドラはそれにも構わない。

「おれを悪党と呼びたいなら呼びなよ。それを否定するつもりはないし、そう呼ばれる覚えもある。何せ、おれは全てを巻き込んででも、帝国を混乱に陥れようとしてるのだから」

「どうして、そうまでして――」

「それが、おれにできる最大限の、兄ィへの贖罪だからさ。おれは、キミと同じなんだよ。キミが一族の人間に守られたように、おれは兄ィに守られた」

「…………っ」

――キミと同じなんだよ。

そのひと言に、フェリの顔が引き攣る。

そして否応なしにそれが意味するものを理解する。これから続けられるであろう内容さえも。

「同族を助けたかった。何を差し置いてでも助けたかった。その考えが間違いだとは今でも思ってない。だが、その時のおれは前しか見えていなかった。だから、おれは帝国の罠にかかった」

フェリは、ディストブルグに身を寄せる以前、リヴドラとの間に交友があった。所謂、昔馴染みという間柄。

だから、彼の性格はフェリの知るところであり、そしてその言動から、第一王子であったガザレアの死因を薄らと悟る。

「そんなおれを助けてくれたのが兄ィだ。逃がしてくれたのが兄ィだ。そうしておれを助ける為に、死ぬべきじゃなかった人が死んだ」

だから、兄ィはおれが殺したようなもんだ。と、彼は言う。

「これ以上はもう言葉はいらないだろう？　フェリ・フォン・ユグスティヌ」

逃がしてくれた。

リヴドラの語るそのひと言がトリガーとなって、セピア色の記憶がフェリの脳裏を掠めた。

思い出したくもない記憶の断片が、フェリの思考に強制的に割り込んだ。

当たり前の日常。

当たり前の幸せ。

当たり前の親交。

それをたった一日で全て壊され、失ってしまった出来事が蘇る。


『……っ、間違っても助けようなどと思うな……!! 今は逃げる事だけを考えろ!!』


焦燥に駆られた水竜の声が、未だに忘れられない。

フェリ・フォン・ユグスティヌがディストブルグに身を寄せている理由。

それは、故郷を失ったからであった。

フェリの故郷は、〝霊山〟と呼ばれていたエルフの聖地だ。そして、彼女は巫女と呼ばれていた一族のエルフであった。

突如として攻め入ってきた帝国の人間に故郷を襲われる中、力及ばずと悟った水竜は無理矢理にフェリをその場から逃がした。

そうして命辛々逃げ果せたところにたまたま居合わせた先代ディストブルグ王によって、フェリは保護された。それが、彼女がディストブルグに身を寄せている理由の全てだ。

自分だけが助かってしまった。

自分だけが、逃された。

その事実はどこまでも、フェリの中にある『贖罪』という思いを増幅させた。

生まれた慚愧の念を、刑罰という形で贖う事ができたならば、どれ程良かったか。

しかし、己を裁いてくれる者はどこにもいなかった。だから、せめて、贖罪として――

そんな考えをずっと昔、実際に抱いていたフェリだからこそ。


「だから、もう止まれない。それはできない相談だ」

どうしてリヴドラが、こうも意地を張ろうとしているのか。

耳を傾けてくれないのか。

そのくせ、そんなにも、申し訳なさそうな顔をするのかが、どうしようもないくらい理解できてしまった。

……だけど。

「だとしても、私は言い続けます。貴方のその行為は間違っている」

誰かが解決してくれる――彼女も、そんな希望的観測を語る気はない。

けれど、それでも尚、フェリは彼の言動を否定する。否、否定しなければならなかった。

『――贖罪だぁ？　……あの、なあ。甘ったれた事言ってんじゃねえよ。生きたくても生きられなかった奴がごまんといる中で、お前さんはこうして生きられてんだ。なのに、死んで逝った奴らに向かって、罪を贖う為に死にますなんて、そんな行為が贖罪だと本気で思ってんのかよ、ああ？　違うだろ。お前さんはただ逃げてえだけなんだよ。罪悪感に押し潰されながら生き続ける今から、ただ逃げ出してえだけなんだ。そんな事の理由に他の人間を使ってんじゃねえよ。情けねえ』

まだ、フェリが荒んでいた頃。

彼女はディストブルクの先代国王ロスト・ヘンゼ・ディストブルグに幾度となく諭された。その言葉に、その想いに、救われた人間だったからこそ、フェリはリヴドラの言葉を否定しなくてはならなかった。

『復讐を願うその気持ちを馬鹿にする気はねえ。だが、死ぬ事を前提に考えるその思考には、それこそ死んでも共感はできねーな。それに、折角拾った命を無駄にする事はこのオレが許さねえ。人間ってのはな、〝生きる〟もんだ。死ぬ為に生きてんじゃねえ。そこを勘違いしてんじゃねえよクソガキ』

先代国王の言葉が蘇る。

『――――よし、決めたぞ。お前さんはディストブルグでメイドをやれ！　そのクソったれな考えを改めるまでぜってえ辞めさせねえからな。分かったか！　おら、さっさと返事しやがれ！』

だが、ら――

「誰かの為にと思うのなら、死に向かおうとするその選択肢は絶対に、間違っています」

リヴドラの想いを理解しつつも、否定する。

それは間違いであると、何度でも言い聞かせる。それがファイ・ヘンゼ・ディストブルグの世話をするという己の役目を投げ捨ててでも、彼女がこうしてリヴドラの背を追ってきてしまった理由であった。

かつて諭され、そして救われたフェリだからこそ、いつかの自分と重なるリヴドラを見過ごすわけにはいかなかった。その選択肢だけは、どうしても選べなかった。

「だから、どうしても譲れないのなら……私も、貴方に同行します」

## 第十四話　昔馴染み

「……そんな瞳を向けてくる奴を連れていけって？　冗談キツいよ、キミ」

――最後にひと花、咲かせて逝けるのであれば、この行為も悪くない。同族が帝国の人間に殺される様をこれ以上見なくて済むのであれば、悪くない。

そんな考えを抱き、生に対して諦めのような感情を募らせるリヴドラには、フェリの言葉に首を縦に振る事はできなかった。

もし、リヴドラや彼に付き従う連中と同様の感情をフェリが抱いていたならば、まだ彼も頷いたかもしれない。

分かった。キミを連れていく、と。そう言っていたかもしれない。

だが、フェリは違った。

真っ直ぐな瞳で。

心の底から本気で、微塵の揺らぎもなく、己を止めようとしているフェリを。彼女の言葉を、リヴドラは肯定してあげられなかった。

彼にとってフェリという存在は、路傍の石と同等ではなかったから。だから、命を散らす事を許容したこの行為に同行させるわけにはいかなかった。

「それに、おれのこの行為がキミにとって正解だとか間違いだとか。おれからすればそんな事はどうでもいいんだよ。おれがそうすると決めた。なら、そうするだけ。おれがそう思うのだから、きっとそれはおれにとって紛れもない正解なのさ」

リヴドラは意地を張る。

意地を張って、もっともらしい言葉を並べ立てた上で突き放す。

ここまで言われれば、普通の人間は引くだろう。

彼の意志は確固たるものだ。そこに僅かの揺らぎすらない。

だから、どれだけ言葉を重ねたところで説得は不可能だと悟るはずだ。

しかし、フェリは違った。

かつての自分と重なって見えるリヴドラという男を死なせたくないと願う女性、フェリ・フォン・ユグスティヌは、ディストブルグの先代に救われた者だ。そして、ファイ・ヘンゼ・ディストブルグのメイドを務（つと）めている人物でもある。

間違っても彼女は、言葉一つで素直に引き下がるような聞き分けの良い者ではなかった。

「ええ。私も、貴方の言う通りだと思います。でも、私はそれが間違いであると教えてもらった。そして、他でもない私がその教えに、想いに、救われました。だからこそ、こればかりは譲れません。私がそう思うのだから、貴方のそれは間違いなんです」

だから、行かせるわけにはいかないと。

どうしてもと言うのなら、私の同行を認めろと。リヴドラの発言に意趣返（いしゅがえ）しをするように、普段の彼女らしくない熱量でもって、彼の言葉を否定する。

そしてその舌に乗せられた言葉の重さの違いに、かつてのフェリを知るリヴドラだからこそ、驚かずにはいられなかった。

「……変わったね、キミ」

「……あれから何年経ったと思ってるんです」

「五十年くらい？　まぁ、キミにとっては良い月日だったんだろうね。その様子を見てれば嫌でも分かるよ」

どこか羨ましそうに、リヴドラは笑っていた。

「でも、それなら尚更。ついてくるべきじゃあないね。ここでついてこずとも、すぐに帝国とは強制的に事を構える事になる。他ならぬおれのせいでね」

だから。

「側にいてあげなよ。キミ、あの王子のメイドをやってるんでしょ？　キミが守らなくてどうするんだよ」

「……殿下は——」

そう言うリヴドラに対して言い返そうと試みるも、フェリは言葉に詰まってしまう。

——あやつを気にかけてやってはくれないだろうか。

それはもう、十年近く前の話。

ディストブルグ王国の現国王であるフィリプ・ヘンゼ・ディストブルグから、フェリに対して投げ掛けられた頼み事であった。

当時の彼女は、フィリプがその頼み事をしてきたという事実に、驚きを禁じ得なかった。

放任主義だった先代国王に倣って、フィリプもまた、グレリアやシュテンといった子供達に対しては基本的に干渉しなかった。

にもかかわらず、フィリプはよりによって、ファイを気にかけてくれとフェリに頼み込んだ。その事実の、なんと異質な事か。

何に対しても一切興味を示そうとしない少年。

それがファイに抱いた、フェリの感想であった。

恐ろしく大人しくて。

恐ろしく欲がなくて。

恐ろしく、感情を見せてくれない少年。

敵意こそ振り撒かなかったが、誰に対しても必要最低限の会話しかしなかった。

その様子に、幾度背筋が震えただろうか。そんな彼の姿に、『人形』という言葉を何度当て嵌めた事だろうか。

それ程までに、異常な人だったのだ。

一人で放っておけば、今にも命を絶ちそうな程に儚くて。

……でも。

「殿下はきっと、もう私がいなくても大丈夫です。それに、側にはラティファもいます」

確かに心配だった。

アフィリス王国の戦争の時は間違いなく、死ぬ機会があれば、死のうとしていた。

水の国リィンツェルの時もそうだ。

そして、〝真宵の森〟の時もそうだと思った。

でも、それが間違いであるとすぐに分からされた。

「それに、先代に命を助けられたにもかかわらず、手を伸ばせば届く友の命を我が身可愛さに見捨てたとあっては、申し開きが立ちません」

フェリを助け、今の彼女を作ったのは紛れもなく先代国王、ロスト・ヘンゼ・ディストブルグだ。

だからこそ今回、友を助けに向かいたいとフェリが懇願した時、フィリップは二つ返事で了承した。他でもない先代より、フェリが何かを望む事があれば、それを叶えてやってほしいとフィリップは頼まれていたのだ。

「何より、貴方を死なせてしまったとあれば、みんなから怒られてしまいます」

みんな、という言葉が指すのは、かつて〝霊山〟と呼ばれていた場所で共に日々を過ごしていた者達。

「……あそこに墓を立ててくれたのは、貴方なんでしょう？　リヴドラ」

ディストブルグに仕えるようになってから、たった一度だけ、フェリは己の故郷を訪れた事があった。

だが、荒らされたはずのそこは誰かの手によってその痕跡を消され、そして、多くの墓が立てられていた。

墓に刻まれた名の筆跡は見間違えようもない。

「……さぁね」

今度は、リヴドラが言葉に詰まる番であった。

「……私は、目を逸らしていたんです。怖かったから。あの場所に戻る事が、怖かったから。だから、頑張って忘れようとしていた。せめて、気持ちの整理がつくまで」

己を助けてくれた先代へ、恩返しをしなくてはならない。それを免罪符に、見て見ぬフリを続けていた。早く戻って供養してあげるべきだと分かっていたのに、怖くてそれができなかったのだ。

そして覚悟が決まるまで十数年の時を要し、やっとの想いで向かうと、既にそこには多くの墓が立てられていた。

無骨な墓だった。

それでも、供養したいという気持ちが痛い程伝わってきた。

「ありがとうございました。みんなを供養して頂いて。本当は、私の役目だったはずなのに」

感謝の念が尽きなかった。

元々確信を持ってはいたが、リヴドラのその反応で、やっぱり間違いではなかったと彼女は安心する。

同時に、だから尚更、という感情が湧き上がった。

「だから、私にその恩を返させてください」

放っておけないから。

そんな理由では認められないと言うならば、いつかの『恩返し』をさせてくれと。

それでもって、己の同行を認めろと訴える。

「………」

その言葉に対する返答は、すぐにはやってこなかった。

リヴドラは呆れていた。

お人好しが過ぎる、と思っているのが明らかな表情が、その顔に貼り付いている。

だけどフェリには、彼がそんな表情を浮かべた理由がそれだけとは思えなかった。

「おれは、忠告した。その上でそんな事を言うのなら、もうどうしようもないね」

リヴドラはフェリに背を向けて、再び歩き出す。

話はもう終わり。そう言わんばかりの行動であった。

「……なら、勝手にしなよ。フェリ・フォン・ユグスティヌ」

## 第十五話　百面相（ひゃくめんそう）

「……一体、どこに向かってるんですか」

結局、本意でなかったにせよリヴドラが折れた事により、彼の後をついていっていたフェリが怪訝な表情を浮かべながら問い掛けた。

——帝国に攻め込む。

そう言いながらも、リヴドラが向かっていた先は帝国——ではなく、獣人国。それも、そこは何度か訪れた事のあるフェリでも知らない場所であった。

「帝国と事を構える場合、おれ達が何を差し置いても死守しなきゃいけないものはなんだと思う」

問いに対し、問いが返ってくる。

しかし、その答えをフェリは持ってはいなかった。

渋面を作って黙り込んでいると、程なく、リヴドラが口を開いた。

「——答えは簡単だ。ミランだよ」

その名は、『観測者』で知られる獣人国の〝英雄〟のものであった。

「ミランがいる間はまだどうにかなる。上手くいけば、獣人国だけで帝国を壊滅にだって追い込める……だから、おれ達はアイツを何よりも優先して守らなくちゃいけない」

今はそのミランのもとに向かっていると、リヴドラは答えてくれる。

『観測者』。

その能力は、知見に関するもの。

文字通り、全てを知る事ができる能力だ。

それこそ、〝英雄〟の弱点。居場所。知ろうと思えばどんなものでも知る事ができる能力であった。

ただ、フェリの記憶が正しければ、彼女は重度の引きこもりという話だ。それこそ、ファイにも引けを取らない程の。

間違っても戦闘に加わる事のできるような人物ではないと思われるのに、どうしてリヴドラは足早にミランのもとに向かおうとしているのだろうか。

必要な情報を聞きに行くにせよ、リヴドラであれば、既にそういった情報は全て把握しているはず。

なのにどうして、今、向かうのだろうか。フェリは、不安とも言える疑問に苛まれる。

そんな疑問に答えるようにリヴドラは言った。

「ミランがいなくなった時点で、おれ達が一矢報いる事のできる可能性は一切消え失せる。だから帝国所属の〝英雄〟はミランを狙ってた。その事は知ってたし、対策もしているが……無性に嫌な予感がする」

それ故に、急遽進路を変更し、帝国ではなく『観測者』ミランのもとに向かっているのだとリヴドラは言う。

「帝国を攻める為に、何があろうとミランを失うわけにはいかない」

何か予想外の出来事に見舞われた時、『観測者』の〝英雄〟がいるのといないのとでは、明らかに対応が違ってくる。

そして、こうしてリヴドラが焦燥感に駆られている理由はきっと、呼吸をすれば嫌でも鼻腔に入り込むこの、独特の鉄錆の臭い。

明らかな死臭が、帝国に足を踏み入れたわけでもないのに、薄らと漂っていた。

次第に異臭が強まってくる。

リヴドラ程は鼻が利かないにせよ、フェリもソレを感じ、無意識に眉間に皺を寄せた。

「……連絡役がいない」

唐突にリヴドラが足を止める。

次いで視線を下に。映り込む、血痕。

ぐるりと周囲を見渡しても、人らしきものは見つからない。

「何か、連絡は？」

付き従っていた数人の獣人にリヴドラがそう問い掛けるも、全員が首を横に振る。

この状況を説明できる者はこの場にはいなかった。

「……それは一体、どういう事なんですか」

この場で唯一、事情を知らないフェリが、リヴドラに問い掛ける。

「不測の事態がない限り、ここには人が配置される事になってるんだ。ミランからの情報を持った伝達役から、情報を受け取る連絡役、としてね」

しかしその連絡役は、どこにも見当たらなかった。

それどころか、何者かと争ったような形跡が見受けられ、地面には血痕と、何かで抉ったような痕が点在している。

「何があった……」

そんな、時だった。

たっ、たっ、たっ、と地面を蹴る足音が突として響き渡る。それはどこか急いでいるようで。

次第にその間隔は短くなり、荒い呼吸の音が混じる。

「リ、リヴドラさん……ッ」

兵士のような服装の獣人がこちらに駆け寄ってくる。

身体には幾つもの傷が見受けられ、必死に肩で息をする彼の様子から、何か不測の事態が起こって命辛々逃げ果せたのだろうと誰もが悟った。

……たった、一人を除いて。

「——止まれ」

背筋が凍るような冷ややかな声音だった。

それは、この事態に恐らく一番動揺していたはずの人物の声。

縋(すが)るような表情でこちらに駆け寄る兵士に対し、リヴドラは突き放すように言葉を突き付ける。

そこには警戒心だけでなく、敵意に似た感情が込められていた。

「あ、あの……？」

その対応に、兵士の男も困惑の色を浮かべる。

程なくリヴドラから続けて発せられた言葉。

「コイツ、獣人じゃない」

どこからどう見ても獣人にしか見えない傷だらけの兵士に、何故かリヴドラはそう断言した。

すると、彼の側にいた者達は一斉に武器を構え出し、駆け寄ってきた男に対して警戒心を剥き出しにする。

リヴドラに絶対の信頼を寄せているのだろう。そこには微塵の躊躇(ためら)いもなく、彼らの行動はまるで、これ以上近づくようなら容赦はしないと言っているようであった。

「気をつけなよ。コイツは多分、帝国所属の〝英雄〟だ」

「そ、そんな……！　間違い、そ、そう、何かの間違いですッ、僕は、リヴドラさんに情報を伝えに来ただけなのに……ッ」

兵士の男の顔が悲痛に歪む。

唯一、フェリだけは目の前の兵士の言っている通りとしか思えず、どういう事なのかと未だ事態を把握できていなかったが、それも刹那。

「じゃあ言ってみなよ。おれに伝えに来たって情報の内容をさあ」

冷たく澄んだリヴドラの視線が兵士らしき男に突き刺さる。

一挙手一投足、一切を見逃すまいという様子に、兵士の男はそれでもと言い訳を重ねようとするが——

「……臭うんだよ。獣人じゃない異臭がキミの身体から」

その前に、言葉が被せられる。

——臭う。

それはまさに獣人特有の感覚であった。

獣人という種族は総じて五感が人よりもずっと優れている。

そしてその中でもリヴドラの嗅覚は頭一つ抜けており、それ故にフェリを除く全員が、彼が臭うと言った瞬間に一切の余裕を表情から削ぎ落としていた。

「…………はあ」

やがて聞こえるため息。

そこには疲労感のようなものが盛大に詰め込まれており、次いで「……おかしいなあ、完璧だと思ったのに」と、先程とは一変して気の抜けた声が響いた。

「変装、変幻……確か、そんな事が得意な〝英雄〟って、一人いたよね」

　確認するように、リヴドラが言う。

「――――『百面相』」

　それは一体、誰の言葉であったか。

　しかし、誰が口にしたかなど瑣末な事。大事なのはその名の意味だ。

『百面相』。

　それは、『幻影遊戯』として知られる〝英雄〟イディス・ファリザードのような幻術ではなく、本当に、嘘偽りなく変貌する事ができる能力を持った〝英雄〟の二つ名。

　加えて、変装対象の才能をそのまま引き継ぐという能力もあり、それ故に〝英雄〟と呼ばれるに至った、紛う方なき道化師である。

「……ああ、確かミランから聞いてた〝英雄〟の中にそんな奴がいたね」

　リヴドラは渋面を作りながらそう呟いた。

　帝国所属の〝英雄〟は三十を下らない。名と能力をすぐに一致させる事は難しかったが、それでも漸く思い出せたのか。リヴドラはミランから事前に教えられていた情報を必死に思い返す。

「姿形は似せられても、臭いまでは無理らしい……ミランが、味方かどうかを判断する時は自分の鼻を頼れと忠告してくれていた理由が、今になってよく分かったよ」

「……『観測者(オブザーバー)』かぁ。面倒臭い事をしてくれる」

気の抜けたような、間延(まの)びした口調。

『百面相(ピエロ)』と断じられた男は、本来このような口調なのだろう。

これ以上の取り繕(つくろ)いは意味がないと判断したのか、打って変わって冷静に言葉を紡いでいた。

「予定にはなかったけど、仕方ない……『百面相(ピエロ)』はおれが片付ける。他は全員、ミランの安否を確認しに行け」

『観測者(オブザーバー)』の安否の確認が最優先。けれど、それを無条件で見逃す『百面相(ピエロ)』ではないだろう。

そう判断したリヴドラは、己が足止めをすると買って出た。

「あれ、あれ。リヴドラくんが自分の相手してくれるの？　ま、いいけど。でも安心しなよ。あんたを殺しはしない。あんたは、生け捕(いど)り指定の獣人だからさ。ねえ？　竜族最後の生き残りさん」

黒帽子に隠されているであろう種族の特徴(とくちょう)に視線を向けながら、『百面相(ピエロ)』がニマニマと気色(きしょく)悪い笑みを浮かべる。

対して、リヴドラは激怒(げきど)を凌駕(りょうが)する殺意をこれでもかと立ち上らせ、彼を睨め付けた。

竜族最後の生き残り。

　そのひと言は、リヴドラにとってまさに逆鱗（げきりん）とも言えるものであった。

「ついでに言うと、あんたもだけどね」

『百面相（ピエロ）』の視線が、フェリに向く。

「にしても馬鹿だよね、あんた。あの王子様の隣にいたら、滅多な事がない限り手を出されなかったのに。『氷葬』と真っ向から戦ってぶち殺してくれたせいで、だーれもあの王子を進んで殺そうとはしなくなってたんだよ？」

　みんな我が身が可愛いからねえ。

　と、『百面相（ピエロ）』が言葉を付け加える。

「だけど、こうしてわざわざ目の前に現れてくれたとあっちゃ、二人纏めて捕（と）らえるしかないよねえ」

「………………」

　先のリヴドラの言葉に従って、彼の供回りの獣人達がこの場を後にする。

　残ったのは、リヴドラの言葉に従わなかったフェリと、リヴドラ、そして帝国所属の〝英雄〟である『百面相（ピエロ）』の三人。

　しかしリヴドラは、フェリが残っている事に対して何も言葉を発しない。

　きっと彼女は、リヴドラを放っておけないからといったお人好しな理由でここに残ったのだろうが、リヴドラは相手が『百面相（ピエロ）』だと知った瞬間、フェリを逃すという選択肢を除外していた。

相手の能力からして、離れ離れになるのはあまりに危険だと判断したからだ。

それをするくらいならば、二人で相手をした方がまだ良い、と。

「残るのは自由だけど、躊躇いは捨てなよ。相手は帝国の〝英雄〟だ。殺す気でいかないと、死ぬよ、キミ」

「分かってます。だって私は、〝英雄〟と呼ばれている人を、すぐ側から見続けていましたから——」

できれば、殺さないように。

そんな考えを持ったまま相手にできる程、〝英雄〟と呼ばれる者達は甘くない。

ずっとファイの側にいたフェリだからこそ、それを誰よりも理解していた。

「〝霊山〟の生き残りに、竜族の生き残り。いやいや、もしかしなくても旨味で言えば自分が一番の当たり、引いちゃったかなぁ!? これぇ——ッ」

愉悦に表情を歪めながら、『百面相』の身体がぐにゃりとナニカに変形する。そして弓から放たれた矢の如き速度をもって、〝英雄〟は二人に肉薄した。

# 第十六話　死ぬ気はないんだ

——見晴らしの良い場所があればそこに。

『だって、あたしの〝血統技能〟はそういうものだからに決まってるじゃん。遠くからこう、ズドンと一撃お見舞いしてやるの。そうだ。シヅキも折角だし一発食らっとく？　ビリビリっと。ほら、ね？　ね？』

『ビリビリなんて可愛いもんじゃないだろ。今さっきズドンとか言ってたくせに』

『き、気のせいじゃないかな』

……不意に、蘇る記憶。

重なる言葉。

そして。

「…………〝雷装(フォルゴーレ)〟」

言葉が、俺の口を衝いて出た。

見上げた空には暗澹と蠢く鈍色の雷雲が立ち込めている。

『墓荒らし』と名乗る男、イェルクの発言のせいで、雷雲を目にしただけでその言葉が脳裏に浮かび上がってしまった。

「……何かの呪文かそりゃ」

黒のパーカーコートに身を包んだ男、ゼィルムから怪訝そうに問い掛けられ、俺は苦笑い。

彼の能力のお陰で既にレガリア王国を後にしており、ラティファとも別れていた。

そして彼女と別れた直後から、雷雲が空いっぱいに広がり始めた。

イェルクの言葉を思い出し、まさかなと思いつつ、首を振る。

「それで、直前で隠れた理由。そろそろ教えてくれよ」

俺は空から視線を下ろし、ゼィルムに問いかけた。

城の目の前に連れて行ってやる。

こいつはそう言ったはずだったが、どうしてかその直前で突如方向転換し、木陰に隠れられる場所に転移していた。

「門のところ。面倒臭え〝英雄〟がいやがる。恐らく見張りなんだろうが、相手がわりい」

目を凝らすと、辛うじて視界に人影が一つ収まる。

俺と同世代か、もしくはもう少し若く見える、ぬいぐるみを抱えた少女が、そこに立ち尽くしていた。

服装は、人形を思わせるフリル付きの洋服。

明らかに彼女は異彩を放っている。

「本当ならアイツが立ち去るまで待てと言いてえとこだが、てめえは止まる気、ねえんだろ？　……だから、能力だけでも餞別として教えといてやろうって思ったんだよ」

そしてゼィルムが口にしたのは、二つ名と思しき言葉。

「『人形師』。アイツはそう呼ばれてる〝英雄〟だ。見た目の歳こそてめえと似たり寄ったりだが、実年齢は俺と変わらねえ。子供だからって油断すんなよ」

「……敵意を向けてくるのなら、そこに油断は入り込ませねえよ」

「ならいいんだが。で、能力はまんま人形を操る事なんだが——」

そこで、言葉が止まる。

言い辛い事なのか、目に見えてゼィルムの表情が歪んだ。

「……アイツが使役する人形は、失敗作って呼ばれてる不気味な化け物なんだよ。まず間違いなく、それらはどっかに潜んでやがる。気をつけろ」

化け物と言われて思い浮かぶのはただ一つ。

恐らく、今俺が脳裏に浮かべている答えで間違いないだろう。

「『人形師』の奴の能力は〝使役〟だ。噂じゃあ糸使いって話も聞くがな。何にせよ、さっきも言ったが相手がわりい」

だから、様子見をするか、不意を討つなり、対策を立てる必要がある。

無策で挑んでいい相手じゃねえと言うゼィルムをよそに、俺は使役、糸使い、と頭の中で反芻した後、「なら、問題ない」と結論を下す。

「いや、その能力なら俺との相性は悪くねえし、何より、時間は掛けてられない」

他の状況がどうなっているのか分からない以上、俺にできる事といえば急ぐ事くらい。

だから——

「助かった、ゼィルム・バルバトス。俺をここまで連れてきてくれて」

別れの言葉を一つ、残す。

そして、立ち上がる。

「……真正面から行く気か？」

「その方が目立つだろ？」

やめておけ、などと言ったところで、俺が微塵もそれを受け取る気がないと分かったのか、ゼィルムの口からそれ以上の言葉が紡がれる事はなかった。

「安心しろよ。まだ、くたばる気はねえから」

この行動は、命を散らしたいから、という〝死にたがり〟から来るものではなく、確かな勝算あっての行為なのだ。

説得力なんてものは一切存在しない発言を残して、俺は前へ進む。

「人生ってのは、分からねえもんだ」

身を隠していた木陰から姿を現した事で、周囲の視線が俺に集まる。

そりゃそうだ。

俺の姿はディストブルグの正装。

場違いにも程がある。注目するなというのが無理な話だ。

「剣を握る気なんてこれっぽっちもなかったのに、こうして結局、握ってる」

拒む事だってできたはずなのに、気づけばまた同じレールの上を歩いていた。

そして困った事に、意外とそれが悪くなかった。それどころか、今では少しだけ心地よく思う。

「誓ったから。約束だから。それが、使命だから。それが、先生達に対して俺にできる唯一の事だから……〝異形〟の元凶と対峙するならば、きっと昔と同じそんな感情を背負うものとばかり思ってたのに、蓋を開けてみれば、誰かを死なせたくないからなんて理由で赴いてた」

根本は何一つ変わってない。

俺の根底は、自分自身に刃を突き立てて逃避したあの時から、何も変わってない。

何も変わっていないはずなのに、不思議と俺の心の中に、悲嘆する感情はどこにも存在していなかった。

「死ぬ気はない。ああ、そうだ。死ぬ気はない。でも、ああ、うん。なんとなく先生達（みんな）の気持ちが分かったような気がする。確かにこれは、悪くない」

言い訳をするように、俺は執拗に言葉を繰り返す。繰り返して、繰り返して、そうして上塗り（うわぬ）を続けていく。

「先生達（みんな）が笑ってた理由が、今ならよく分かる」

記憶に残る誰もが、最期（さいご）は決まって笑っていた。

これ以上ない笑みを浮かべて、悔いなんてものはどこにもないと言わんばかりに笑っていた。

死ぬっていうのに、笑えるその理由がどうしても分からなかった。

だから、俺は無理矢理に決めつけた。

それは、気遣（きづか）いなのだと。

笑うという行為で、お前に責はないのだと言い聞かせる為だと、決めつけた。

きっと、その意味もあったと思う。

でも、本質は違ったんだ。

当時分からなかった疑問が、ゆっくりと氷解してゆく。

今なら分かる気がした。

その理由は多分、俺らみたいなろくでなしが。人を殺すような畜生でしかない俺らが。最後の最後を、人を助ける行為で締めくくれた事に対する笑顔だったのではないのかと——

だから、繰り返し言葉にする。

——死ぬ気はない、と。ひたすらに。

「く、は」

破顔する。

それは、相変わらずとしか言いようのない、無理矢理に作った引き攣った笑み。

鏡を見ずともそれは分かった。

「だから、さ——」

進めていた足を止め、空を見上げたり、地面に落としたりしていた視線を真っ直ぐ目の前へ向け、焦点を合わせた。

「退いてくれよ、そこ」

気づけば、周囲には兵士らしき人間が集まっていた。たった数十秒歩いただけなのに、小さな人集りになっている。

随分と生き辛そうな国だなと、率直にそう思った。

「もしかしてそれ、わたしに言ってるのかなー？」

片目の取れた茶色いクマのぬいぐるみを抱える少女が、言葉を返してくる。

まだ十数メートルも離れていたが、辛うじて俺の声を拾えたのだろう。

「他に誰がいるよ」

「ほら、周りにたくさん？」

わらわらと集まってきていた者達に視線を巡らし、少女がおかしそうに笑う。

「なんて、冗談はさておき。退いてくれって話だっけ。いいよ。退いてあげる。でも、その代わり条件があるの。お兄ちゃんのお願いを聞いてあげるんだもの。わたしのお願いも聞いてもらわないと、フェアじゃないよね？」

童女のように無垢(むく)な笑みを浮かべ、ゼィルムが『人形師(パペット)』と呼んだ少女は小首を傾げる。

「――――お人形さん遊びをしましょう？」

剣呑(けんのん)な空気が薄らと漂うこの場には、到底似つかわしくない言葉が紡がれた。

「ちょうどこの前、新しいお人形さんが手に入ったの。それで遊んでみたかったんだけど、だーれも相手してくれなくて困ってたの。だからお兄ちゃん、わたしと遊んでくれない？」

そう言って、少女は両手で抱き抱えていたぬいぐるみを左手だけで持ち直す。

次いで、空(あ)いた右手の五指を、一斉に第二関節まで曲げてみせる。

やがてやってくる地響き。

その音が目の前の少女が生じさせたものであると、すぐに理解した。

「三度は言わねえ。俺は、その先に用があるんだ。だから、退いてくれ」

隆起する、地面。

ボコボコと音を立てて、それは姿を現す。

糸のようなもので口を縫い塞がれ、お得意の呻き声すら出せなくなった〝異形〟の怪物が、少女の背後からゾンビのように湧き出した。

それはまるで門からの侵入者を想定していたかの如く、俺の逃げ道を塞ぐように這い出てくる。

気づけば俺は、複数の〝異形〟に囲まれていた。

「ダメよ。ダメ、ダメ。わたしと遊んでくれなきゃここは通してあげないよ」

少女は我儘を言う童女らしい感情を瞳の奥に湛えながら、言葉を並べ立てる。

しかしながら、同時に猟奇的とも思える不気味な笑みを浮かべており、それが彼女が言葉を尽くしてどうにかなる相手ではないのだと否応なしに告げていた。

話が通じる相手ではない。

これ以上の会話は無意味だと断じて、切り捨てる。

やがて、ひゅぅ、と、どこからか吹いた人工風が頬を撫で、そして頭上から深い影が落ちた。

「不審者さんは、みーんなわたしと遊ぶ決まりなの。そこに例外なんてないし、わたしが認めない。だから、お兄ちゃんはわたしと遊ばないと。遊ばないと遊ばないと。ねえ？ ねえねえねえねえねえ？　うふ、うふふふふふ！」

早口で捲(まく)し立てられる。

しかし――関係ない。

〝異形〟が俺を取り囲んでいて、当然、敵意は俺へ向けられていた。だが関係ない。

目の前には〝英雄〟。それがどうした。

立ちはだかるのなら、退かせばいい。

強引に退かして、無理矢理に先へ進めばいいだけの話。

故に。

「今は、あんたの相手をしてる暇はねえんだよ」

物分かりの悪い子供に言い聞かせるように、ゆっくりと。焦燥なんてものはこれっぽっちも感じさせない、普段通りの調子のまま、俺は続ける。

「――〝影剣(スパーダ)〟」

直後、迫(せま)っていた深い影はぴたりと硬直(こうちょく)した。

吹いていた人工風も一斉に止まった。

全てを覆(おお)い尽くすは、影色の剣群。

天すら穿たんばかりに勢いよく生まれ出たソレは、俺がたったひと言発した直後、周囲一帯を覆い尽くした。

そして十数秒の沈黙が場を支配し――

「か――」

やがて、早口で捲し立てていた少女の口から音が聞こえてきた。

それは言葉ではなく、軽快な音だった。

ぱしゃり。

次いで、まるで水が跳ねたかのような音が続く。

鮮紅色の液体が、その口から溢れていた。

「……残念だったな。俺は女子供だろうが、容赦はしねえよ」

少しくらい、躊躇うとでも思っていたのだろうか。淀みない歩調で前へ進む俺に向けられたのは、驚愕に染まった少女の瞳。

胸を貫き、足と地面を縫うように這い出てきた複数の刃を一瞬見つめた後、こちらに視線を向けた少女に、俺はそう告げた。

「だが、トドメは刺さねえでおいてやる。俺は城の中に行く。俺を殺したかったら他の〝英雄〟共でも連れてこいよ」

# 第十七話　〝黒の行商〟

そこは、豪華絢爛な外観からは想像もできない程に恐ろしく静かな場所であった。

閑散とした城内。

人の気配が微塵も感じられないそこは、まるで廃墟のようで。

しかし、人の手が加えられた跡が点在しており、その考えは間違っていると即座に振り払う。

「…………」

一度城に入ってしまえばもう追う事は禁じられているのか、監視するように俺を見ていた連中が雪崩れ込んでくる様子は見受けられない。

俺の立てる足音だけが、ひたすらに鼓膜を揺らす。本当に、ただそれだけ。

ここだけ外界から切り離された異界なのかと、そんな感想を抱いてしまう程に、あまりに静か過ぎた。

あたりを数十秒見渡し、罠や人気を確認。すると、不意に響いた足音と共に視界に映り込む人影が一つ。

じっ、と佇むその者は、壮年の男だった。

彼が身に纏う服装は使用人のソレではなく、かといって貴族然としたものでもなかった。

この豪奢な城には似つかわしくない程、ボロボロに使い込まれた外套であった。

煤けていて。

千切れていて。

裂けていて。

……ただ、その外套はどこかで見た覚えがあるような、そんな気がした。

「────」

パクパクと口が動く。

でも、遠過ぎて俺の耳には何も届かない。ただ何かを言っている、としか認識できなくて。

慌てて距離を詰めようとすると、外套の男は無言で俺に背を向けた。

「……なんだ、アイツ」

ついてこい、という事なのだろうか。

背を向けた意図は分からない。

分からないけれど、見た感じ、待ちわびていたように思える。

誰かが城に足を踏み入れる時を、じっ、と。

……だが、男の存在を一旦振り払う。

そんな奴に時間を浪費するわけにはいかないと己に言い聞かせ、そして。

「『――どうして、逃げてしまわないのです』」

不意に聞こえてきたノイズがかった声に、どくん、と心臓が飛び跳ねた。

「『辛いなら逃げてしまえばいい。悲しいなら背を向ければいい。苦しんでまで、あえて生きる理由がどこにあるというのです』」

懐かしい声だった。

懐かしくて。

懐かし過ぎて、思わず反吐が出てしまいそうになる程、覚えのある声だった。

まるで頭に直接囁きかけているような。

そんな声。

どこから聞こえているかなんて、この際どうでも良かった。そもそも、それを考えられる理性は猛烈な勢いで削り取られている。

「『……かつてそう問い掛けた時、貴方は言った。そうする事しかできないからと。それが俺の贖罪で、感謝で、義務で、役目で、理由で、受けた恩に報いる方法を、他に知らない。だから、譲れないと』」

「…………」

思い出が、無理矢理に穿り返される。

俺がそんな不器用でしかない言葉を投げ付けた人間は、後にも先にもただ一人しかいない。

心に巣食いながらも鳴りを潜めていた憎悪が、急激に膨れ上がる。

「『そしてだから、私は思った。強く思った。私と貴方は似たもの同士であると。ご覧の通り、私もこの生き方しか知りません。端的に屑と言っていい生まれだったからこそ、誰をも〝救って〟やりたかった』」

そして、認識を改める。

コーエン・ソカッチオから聞いていた情報に誤りがあると、己に強く言い聞かせる。

〝異形〟を生み出した人物は、廃人同然の状態になったわけでは断じてない。

恐らく、乗っ取られた。

人格そのものが多分、乗っ取られている。

そうでなければこの現状に説明がつかなかった。

……これは、そのままだ。

どういう理屈か、仕掛けかは知らないが、それでもこうして今も尚聞こえ続けている声は、紛れもなく俺が最も恨みを抱いている人物そのもの。

誰もを救いたい。

救いたいと願った末に辿り着いた答えは、認められないこの世界、その全てを壊してしまえばいいというもの。それこそが〝救い〟であり、苦しむ心、感情を捨てて〝異形〟に堕ちてしまえば〝救われる〟という考えだ。

その為に〝異形〟という存在を生み出し、肯定し、世界に蔓延させた世紀の大悪党。

それが、〝黒の行商〟――クローグという男の正体だった。

〝救い方〟を除けば、〝黒の行商〟の言葉はどこまでも正しいものであった。

優しいものであった。けれど。

「『……ただ』」

殊更に区切られる言葉。

頭に届く声の質が、どうしてか一変する。

「『ただ、この〝救い〟はあの地獄のような世界だったからこそです。それを、下らない自己満足に使うなぞ、到底許せるものではありません。私が〝異形〟を遺した理由はそんなものの為じゃない。あの世界のように、本当にどうしようもなくなった時、誰かの救いの手段となれるように。そう想って遺したものだ……この世界はあまりに、救いようのない人間が多過ぎる』」

それは、怒りだった。

声だけで分かるほどに怒っていた。

「『結局、この〝救い〟を下らない理由で使う人間がいないとは限らないからと、万が一と残しておいた保険のお陰で私がここにいるわけなのですが。ともあれ、この世界の連中はどこまでも救いようがない。貴方も、そうは思いませんか』」

……そして、同調を求められた。

確認するまでもなく、切実な訴えだった。しかし、それがなんだと俺は思う。

「知らねえよ」

にべもなく一蹴する。俺の知った事かと吐き捨てる。

「そんな事は、どうでもいい。俺にはあんたの言葉、その全てがどうでもいい。俺はただ、認められない事実を否定するだけ。これまでも、これからもそうだ」

本当に俺に問いを投げ掛けているのが〝黒の行商〟その人であるならば、あえて言わずとも分かっているだろうがと言外に伝える。

お前との会話は時間の浪費だと責め立てる。

「そもそも、あんたの言葉に同調するくらいなら、どぶの底で死んだ方がまだマシだ」

「『つまり、拒むというのですか？』」

「……一考の余地すらなく、俺はあんたの言葉に否定しか突き付けるつもりはねえ」

どこまでも相容れない。

そんな事は、首を飛ばしてやったあの瞬間からあんたが一番分かってるはずだろうが、と付け加える。

「『…………残念です』」

明確な失望だった。

「『貴方ならば、分かってくださると思っていたんですがね』」

「……寝言は寝てから言えよ」

「『いえいえ、正真正銘、本心ですよ。あの理不尽な世界を貴方は誰よりも恨んでいたからこそ、分かると思ったんです。この世界の人間は、己の利の為に〝異形〟を掘り返すような連中ですよ？　わざわざ貴方がたが命を懸けて殺し尽くした〝異形〟を』」

〝異形〟をこの世界に蘇らせたのは声の主ではなく、それ以外の人物であると指摘する。

恐らく、それは嘘ではないのだろう。

そしてそれ故に、頭に響き続ける声は怒っているのだと言う。だから、救いようがないと口にする。

……ああ、確かに、正しいと思う。死んでも口には出さないが、その怒りは正しいと思った。

でも。

「だから、俺もあんたと手を取り合えってか？　……虫唾が走る」

どれだけ言葉を繰り返されようと、首肯する事はあり得ないというように、否定を重ねる。

「『…………』」

はあ。と、嘆息が聞こえてきた。

「『やはり、こうなりますか』」

元から分かっていたような口振りだった。

「『……ま、それでも想定の範囲内です』」

その言葉を最後に、声が遠ざかったような、そんな気がした。

「ま、てッ」

だから慌てて足を前へと進めようとして。

けれど直後、ガンッ、と鈍い音と共に顔に痛みが走った。

見えない壁に衝突でもしたかのような衝撃。視認できないが、間違いなく目の前に壁が立ちはだかっていた。

「『会話に付き合ってくださり、ありがとうございます。貴方は特に厄介なので閉じ込めさせて頂きました』」

きっとそれは能力。

何かの〝英雄〟の能力だ。

けれど、それが何かを考えるより先に怒りの感情が身体を動かし、気づけば俺は叫び散らしていた。

「クローグゥウウウウウッ‼」

左右に移動し、なんとか前に進もうと試みるも、幾度となく見えない壁に阻（はば）まれる。

「『……全てが終わった後で良ければ、気の済むまでお付き合いいたしますよ。救いようのない人間共を、全て殺した後で良ければ……ああ、そうでした。今は獣人が帝国を攻めに来ているんでした。これはちょうどいい。全員〝異形（アレ）〟に変えて、愚かな人間を滅ぼす段取りでも組むとしますか』」

「ッ‼　何、も、変わってないんだな。やっぱり、あんたは。あんた、だけは────ッッ」

そこから先は言葉にならなかった。

思い切り歯を食いしばった事により、ぱきりと健康な歯が僅かに欠ける。

そして声が遠ざかる。

気づけば、背後にも見えない壁が存在していた。閉じ込めた。つまりは、逃げ道を完全に塞いだ、と。

「こ、のっ、〝影（スパー）……」

ならばと、即座に能力の行使を試みる。

この見えない壁にとどまらず、この城全てを〝影剣（スパーダ）〟で壊し尽くす。

その意志を胸に、言葉を口にしようとして。

「────あー。無理無理。そういう能力は、ボクの結界には効かないんだよね」

突如として声が割り込んだ。

先程まで頭に届いていた声とは違うもの。

声の主はどこにいるのだと周囲を睨め付けるも、居場所は分からない。

「それに、貴方の能力は〝あの人〟からよく聞いてる。対策もしてるし、なす術はないと思った方がいいよ」

そこで漸く、城にどうして人気がないのか、その理由に辿り着く。

城内に人を配置したところで〝影剣〟の餌食になると分かっていた人物がいたから。

そして、俺の前に姿を現したが最後、己が作る影から剣が生えてくる事も知っていたから。

だからこそ、未だに誰一人として俺の目の前に姿を現さない。

しかし、それがどうした。

「……退けよ」

進まなくちゃいけないんだ。

今すぐに、あの声を追いかけなくちゃいけない。

だから、退け。

「すっごい殺気。〝あの人〟が、貴方は桁違い、って言ってた理由がよく分かるよ」

けれど、相手は俺の言葉を受け入れない。

時間を浪費させようとしているのか、無駄な言葉を並べるだけ。あからさまなその行為に、尚、腹が立った。

「……〝影剣〟」

そう唱える。

親しみ深い言葉を、色のない声で呟く。

しかし、視界に〝影剣〟が生まれ出る様子がなかった。

「人の話は聞こうよ。対策済みなんだってば」

「……〝影剣〟」

「だから、さあ……」

どこからか聞こえてくる声は、俺の愚直な行為に対して呆れの感情を滲ませる。

けれど、それに構わず続ける。

続けて、続けて、続けて。

そこまでして漸く、現状について理解が及ぶ。

これは決して〝影剣〟が無効化されているわけではなく、目の前を阻む見えない壁がそこら中に張り巡らされているせいなのだと。

だったら話は早い。

〝影剣（スパーダ）〟に斬れないものはない。

たとえそれが〝英雄〟の能力であろうと、そこに例外は、ない。

「ひと振り、決殺（けっさつ）……――ッ！！」

ならば、やる事はただ一つ。

なんであろうと斬り裂けると、信ずるだけ。

「――我が心、我が身は常在戦場也（じょうざいせんじょうなり）――ッッ！！」

さすればきっと、道は開けるだろうから。

直後、バリン、と何かが砕（くだ）ける音が聞こえた。

## 第十八話　命の尊（とうと）さを

それは、気が遠くなる程昔にあったやり取り。

当事者を除いて誰も知らない対峙。

『――どうして、分からないのです。これが〝救い〟であると。これが、〝救済〟であると』

色のない言葉が続く。

けれどそれは、本気であると分かる声音だった。

死人としか思えない虚ろな表情を浮かべる男は、喉を震わせ、俺に向かって語り続ける。

何故お前は理解してくれないのだと悲嘆の言葉を重ねていた。

しかし、切実な訴えであると知った上で、一切の躊躇いなく俺は切り捨てる。

どれ程の感情が込められた慟哭であろうと、それにだけは同調できないと、俺は告げた。

『誰が頼んだ。救ってくれと、一体誰があんたに頼んだ。少なくとも、俺らは一度として頼んだ覚えはない。世界を恨んだ事はあるがそれでも、あんたに救ってほしいと願った事は一度としてねえ』

ひとりごつように、言葉を紡ぐ。

激情とは程遠い冷静さで、諭すように言葉を並べ立ててゆく。どこまでも冷静に。

〝救い〟を求めて手を伸ばした覚えは勿論の事、手を伸ばそうという気も、どこにもない。

〝救い〟なんてものはこの世のどこにもないと分からされた俺という人間が、どうして〝救い〟に理解を示すなどと思ったのだろうか。

『……それに、他でもない家族が言っていたんだ。人の心を読める〝血統技能〟を持つアイツが、あんたのソレは〝救い〟でもなんでもない、ただただ、無駄に苦しみの渦に閉じ込めているだけでしかねえって』

だから、否定する。

拒絶する。

どこまでも、それは受け入れられないと嫌悪する。

『そして何より――』

一度。

目の前に佇む救いを説く男を視界から消し、長い瞬きをした。

『――〝先生達〟の意志は、俺の意志だ』

己の行動を他者の意志で決めるのかと。己の行く末を、己以外の誰かの意志に委ねる愚か者であるのかと。たとえそう嘲笑われようと、きっと俺はこれを貫くだろう。

言い切ってしまえるだろう。

『〝異形〟という存在は何があっても許容するわけにはいかねえ。それが、先生達の願いだから。受け継いだ想いってやつだから。だから、俺はあんたを斬り殺す』

……それが、初めてだった。

初めて己の意志で、殺すと決めた相手。

誰からも例外なく、心が弱いだ、甘ちゃんだ、ヘタレだ、馬鹿だ、アホだ、生まれる世界を間違った、だ。そんな事を言われ続けていた俺が、俺の意志でもって一片の迷いもなく屠ると決めた相手。

それが、目の前の男、〝黒の行商〟クローグであった。

『……貴方も分からない奴ですね。私はただ、救いたいだけなのに。誰もを救済したいだけなのに。なのに何故、分からないッ⁉　分かろうとしないッ⁉』

――身を任せてしまえばいいのです。逃げていいのです。苦しむ道をあえて肯定する必要がどこにありますか。苦悩と、痛みから解放される道を私が用意しましょう。

それはクローグの口癖のような言葉だった。

思わず身を任せて溺れてしまいそうになる甘言を、彼は度々口にする。

クローグの言葉は、この世界において、あまりに甘美過ぎた。だからこそ、この悪夢が現実のものとなったのだろう。

〝異形〟が溢れる、この地獄が。

……間違いなくそうだった。

『――ッ‼　救いてえんなら……救いたいならじゃあ、ちゃんと手ぇ差し伸べろよ⁉　道を示せよ⁉　あんたのソレは救いじゃねえ‼　あんたの自己満足だ‼　それすら分かんねえのかよ⁉　踏み躙っていいもんと悪いもんの区別すらつかねえのかよ、あんたは⁉』

差し伸べられたその手が地獄へと誘う悪魔の手でなければ、俺達もとやかく言わなかった。

なのにコイツは、〝救済〟なんて言葉を使って己の愚を、この地獄を正当化している。

だから尚の事許せなかった。

コイツのその〝救い〟のせいで、どれだけの人間が不幸になった。殺された。涙を流した。

……命を奪う行為に、正義はない。

奪った果てに残るのはただ、ソイツがろくでなしという結果だけ。ソイツが救いようのないクズという結果だけだ。

──力こそが、全て。

真っ当な法や人倫(じんりん)が存在しない世界において、唯一のルールとも言える認識。

それが力。

だから、認められないなら。我を通したいならば、力でもって強引にねじ伏(ふ)せるしかなかった。

そしてその結果、俺はクローグを斬り殺した。

……はずだったんだ。

「ッ、うっ、そでしょ……!?」

現実が嘘をついた。

そう言いたいかのように、発せられた声。

同時に、天すら穿たんと生え出た〝影剣〟が視界に映り込む。

その範囲は増えて、広がって、眼前を埋め尽くすべく尚生まれ出て――

それに伴い、割れるような音があちらこちらから聞こえ始めていた。

「……」

鼓膜に届く声に反応せず、俺は足を動かす。

先へ進む事を阻んでいたはずの見えない壁は既に消え失せていた。

ただ、代わりとばかりに、目の前には新たな人影が一つ。

引き攣った表情を浮かべる中性的な顔立ちの人間がそこにいた。

「割と時間かけて用意してた、自信作だったんだけどな。そんなに、あっさりと壊しちゃう？　あれをさあ」

「あんたは知ってるのか。アイツが、どういう奴なのかを」

先に述べられた感想を無視して問う。

どうして唐突に目の前に現れたのか。

先程までの見えない壁の能力は一体なんだったのか。本当に急に現れたのか。最初からずっと、見えていないだけでそこにいたのか。

とめどなく、俺の中に疑問が生まれる。

それらに背を向けて、淡々と俺は問い掛けた。

「アイツの〝救い〟を信じてるのなら、それは大嘘だ……あんなもの、〝救い〟でもなんでもねえ」

過去にもいた。

〝黒の行商〟の〝救い〟を盲信しているような奴らが。それだけが拠り所であると認識していた奴らが。

だけど、それは決して〝救い〟なんて優しいものじゃない。

「……ああ、なるほど。向けられる殺気のせいで勘違いしてたけど、そっか。貴方は、優しい人なんだね」

その言葉と共に、目の前の人物の肩から力が抜ける。発言にはどこか諦観に似た感情が含まれていた。

「うん。〝あの人〟がどういう人間なのか。それを知っているのなら貴方のその態度は当然だ。正常だ。ボクもそう思う。でも、その常識は誰にでも通じるものじゃない」

意味深な言葉が紡がれる。

「貴方が正しいよ。常識で物事を測るなら、貴方の言葉が正しい。でも、〝あの人〟のように、破滅を望む馬鹿な人間もいるんだよ」

——そしてボクのように、ね。

まるで、俺に言い聞かせるような口振り。

混濁（こんだく）した瞳は、俺の姿を映していた。

「〝英雄〟なんて呼ばれる者はどいつもこいつもわけありさ。ボクも、貴方も、〝あの人〟も、門の前にいた『人形師（パペット）』もそう。誰もが皆、普通じゃない。もし仮に、〝英雄〟と呼ばれながらも普通を貫けてる奴がいるのなら、きっとそいつが真の意味で一番普通じゃないんだろうね」

時間稼（かせ）ぎのような無駄でしかない言葉が続く。

そんなものを聞く意味はないと思い、また一歩と歩を進めた。

「こんな世界、なくなってしまえばいいのに。そう思った回数は、一度や二度じゃ利かない。なんでボクだけが不幸なんだ。失うんだ……目を閉じて暗闇の中に入り込むたびにそう思う。だから、賛同した。理由こそ違うものの、目的は一致していた。だからこそ、貴方を通すわけにはいかないんだ」

そう口にする気持ちは、実のところ全く分からないわけでもなかった。

コイツの悲しみ（感情）は、嘆（なげ）きは、言葉は、世界がろくでもないと感じていた頃の俺の思考そのもの。だから、今更同調する気はなかったけれど、言葉にしてわざわざ否定する気もなかった。

「恵まれてる。ああ、そうだ。この世界は恵まれてるよ。あの地獄と比べれば、随分と恵まれてる」

語りかけるように、そう口にする。

もう、俺の言葉なんて先の声の主には聞こえていないと分かっているにもかかわらず、俺の口は自分の意思とは無関係に動いていた。

言葉を向ける相手は、先程まで昔話に興じていたあの声の主。

「剣を執（と）らなくても生きていける。理不尽な死がそこら中に転がってるわけでもない。それだけでも既に、恵まれ過ぎだ。そんな恵まれた世界にいる奴らが、あえて〝異形（破滅）〟に手を伸ばす、その行為は間違いなく愚かなものだ」

だけれど、と言葉を続ける。

「それでも、あんたの自己満足で全てを踏み躙（にじ）っていい理由にはならねえ」

——人を殺すという行為に疑問を抱くシヅキのその想いは、決して間違いじゃない。

それを罪悪と認識して抱え込む事は、傍（はた）からは自分自身を苦しめているようにしか映らないだろうね。でも、それも決して間違いじゃない。

それは、先生の言葉だった。

もう何十と、地獄に叩き落とされるだけの罪科（ざいか）を重ねてきたからか。斬り殺すという行為に対して割り切れてしまっている部分もあった。

でも、それでも、俺は人を殺すという行為を肯定した事はない。

それが悪だという認識を覆した日はない。

「ここはあの地獄じゃねえ。だけど、それでも誰もがなんらかの苦悩を抱いて、歯を食いしばって生きてる」

ここにいる〝英雄〟らしき奴も、そのうちの一人なんだろうよ、と俺は指摘する。

顔も。声も。名前も。

俺がシヅキだった頃の両親の事は、何もかもが既に記憶から消えている。辛うじてあるのは、ただそういう存在がいたという事実のみ。

だけど、記憶から薄れて尚、これだけは覚えている。

幼少の頃に、優しくて、美しくて、温かくて、尊い「何か」が確かにあった事を。

きっとそれもあって、俺は最後まで俺らしく「弱虫」だった。記憶の片隅(かたすみ)に存在する親愛の情というやつが、どうしても忘れられなかったから。

「あんたが許せないから。それが、なんだ。どんな理由であれ、理不尽に全てを踏み躙(にじ)るその行為が許されていいはずがないだろうが……‼」

# 第十九話　あの時の続きを

……気づけば、それなりに離れていたはずの中性的な相貌の〝英雄〟らしき人間との距離は、殆どゼロになっていた。

見えない壁のようなものに阻まれる事も一度としてなく、もう目と鼻の先。

しかし、何かを俺に仕掛けてくる様子は一向に見受けられなかった。

そしてか細い声が、ひと言。

「ボクの能力は、任意の場所に〝結界〟を作り出す事。閉じ込めるといった目的には適してるけど、攻撃手段としてはこれっぽっちも役に立たない——で、も」

その額には脂汗がくっきりと浮かび上がっていた。

心なし、顔色も青ざめている。

「今は、これで十分。通れるものなら通ってみなよ。今のボクに作れる最大強度の〝結界〟だ」

そして、そいつの身体はふらりと揺れ、横を通り過ぎる俺に言葉を残しながら、地面へと倒れ込んだ。尻もちでもついたのか。

どさり。

遅れてそんな音が聞こえてきた。

「……そうかよ」

感情の一切を削ぎ落とした声音で、言葉を返す。そして俺は、〝影剣(スパーダ)〟を作り出し、それを右手で掴み取って切っ先を奴の眼前に向けた。

「だが、それがなんだ。邪魔をするっていうのなら、無理矢理にでも通るだけ」

これは俺の不始末。しかし、何より。

「〝黒の行商(アイツ)〟には、もう二度と俺の近くの人間を殺させない。殺させるもんかよ」

その為に、俺はやってきた。

「だから、俺が今度こそ後腐(あとくさ)れなく斬る……それだけだ」

これは、俺の不始末。

クローグが〝異形〟を生み出した張本人でなかったとしても、その思想はとてもじゃないが、見過ごせるものではない。

だからこそ、こんなところで足を止めている場合ではなかった。

やがて、俺は手にしていた〝影剣(スパーダ)〟を振り上げる。

「この程度で、俺の足が止まるもんかよ……」

俺の知る〝黒の行商〟は〝ど〟が付く程計算高い人物であると同時に、だからこそ、敵の力量を見誤(みあやま)るような奴ではなかった。

自分は奥に引っ込み、〝英雄〟の一人や二人で足を止められると本当に思っているなら、耄碌(もうろく)したと言わずにはいられない。

もしくは、俺が昔と比べ物にならない程弱くなったと侮られているのか。

はたまた、それら全てが布石(ふせき)であり、挑発なのやもしれない。

何はともあれ――

「――舐(な)めるな」

言葉を紡ぐと同時に、俺は〝影剣(スパーダ)〟を振り下ろす。

影色の刃は結界に易々(やすやす)と食い込み、やがてす、す、す、と薄氷(はくひょう)でも斬り裂くように袈裟(けさ)懸(が)けに亀裂(きれつ)を生み出してゆく。

そうして、眼前に道は開かれた。

「――――っ」

息をのむ音がすぐ近くから聞こえる。

最大強度であるはずの結界を、何故、先程よりもずっと容易く斬り裂けてしまうのだと。

そう訴えているかのように思えた。

でも、答えてやる義理はない。そもそも、理屈じゃないのだ。

斬らなきゃ前に進めない。

ただ、それだけの事。

「だが、乗ってやるよ。その挑発に」

俺はそう言って、力強く足を踏み出す。姿を消したボロボロの外套を身に纏った謎(なぞ)の男と、謎の声の正体を突き止めるべく、前へ進む。

ここは敵地。

何が起こるか分からないが、間違いなく、俺に有利な展開にはならないだろう。

でも、この道だけは避けて通る事はできなかった。

「……〝影剣(スパーダ)〟」

「っ、ぐッ⁉」

そういえば、〝英雄〟を一人放ったらかしにしていた事を思い出し、すんでのところで俺はこの場に留まった。

尻もちをついていた〝英雄〟の手足を拘束(こうそく)するように、〝影剣(スパーダ)〟が生え、滲み出す鮮血(せんけつ)と共に苦悶(くもん)の声が漏れる。

「……は、っ、殺さないんだ？」

ひと息に殺せばいいものを。

呆れを孕んだその声は、まるでそう言っているようにも聞こえた。

「……あんたからは、あえて殺してやる程の脅威(きょうい)は感じない」

たとえクローグと戦闘に発展し、その際にこの〝英雄〟に乱入されたとしても、ひと息で殺せる。

その確信があった。

「だから、そこから動かねえ限り命までは取らないでおいてやる」

〝英雄〟の背後に生まれた影から、ほんの僅かに顔を覗かせる剣の切っ先を一瞥した後、俺は再び歩を進める。

〝影剣（スパーダ）〟とは、言ってしまえば俺の身体の一部のようなもの。

故に、既に出現している〝影剣（スパーダ）〟が壊されるなりなんなりした際は、すぐに俺に伝わるのだ。

だから、変な動きを見せた瞬間にその命を奪うぞと脅（おど）す。

「――――」

転瞬（てんしゅん）、ぎちり、と何かが軋（きし）む音がした。

やがてその音はカタカタと何かが震える音に変わり、明確な出血の音を交えてカラン、と落下音が続けざまに響いた。

「……ボクは、なりたくて〝英雄〟になったわけじゃない。でも、だからこそこんなボクにも、譲れないちっぽけなプライドがある」

振り返り、表情を確認せずとも分かる。

それは、怒りに塗れた声音であった。

「……ボクにとって能力は、忌むべきものであったけれど、同時に最後の拠り所でもあった。色んなものを失ってきたボクが、唯一、未だ失わないで済んでいるものだった。唯一、誇れるものでもあった」

——殺さないで済むのなら、その方が良いに決まってる。考えるまでもない。

だけど。

大抵の場合、その願いが叶う事はない。

「だから……聞き捨てならないね、その言葉は」

そう話し続けるこの〝英雄〟は、俺を害する目的で立ち塞がったのだ。なのに、俺は殺すどころか見逃そうとしていた。

故に、こうなった。

殺意をもって相対してきた者には、殺意をもって返さなければ、何かしらの禍根が残る。

ちょうど、今のように。

「……やめとけ」

「ボクを殺す気はないって？　……甘いね、甘ちゃんじゃん。〝あの人〟にはあれだけの殺意を見せてたくせに、ボクは眼中にないって？　……一応、これでも〝英雄〟って呼ばれてる身なんだけど、傷付くなあ……」

がしゃり。

未だ地面に転がっていた〝影剣(スパーダ)〟を掴みでもしたのか。

親しみ深い音が耳朶(みみたぶ)を掠める。

「貴方が優しい事はよく分かった。殺さないで済むなら殺さないという考えは素敵だと思うよ。でも、ボクは貴方みたいな奴が一番嫌いなんだよね……ッ」

『氷葬』と呼ばれていた〝英雄〟グリムノーツ・アイザックのような、根っからの戦士といった思考を持った人間に対しては、先の俺の言葉は侮辱(ぶじょく)でしかなかったはず。

今俺に怒りを向けている〝英雄〟はそうではないと思った。それ故のあの発言だったというのに、反応を見るに逆効果でしかなかったらしい。

「いいよね。真正面から斬り伏せる事ができる側の人は。ボクもそうありたかったよ。少なくとも、ボクよりはずっと我を押し通せる、貴方みたいな人間でありたかったよ」

そして、だからこそ、と言葉が続く。

「――――嗚呼、腹が立つ」

動きを封(ふう)じる為に身体を刺し貫いていた〝影剣(スパーダ)〟を引き抜きながら、〝英雄〟は数々の言葉を発する。

程なく、俺を覆うように、結界(壁)が再び四方に立ち塞がった。

「ボクの役目は貴方の足止めだけの予定だったけど、気が変わった」

まるで今の今まで手を抜いていたかのような物言い。

しかし、発言とは裏腹に顔は青ざめており、ふらふらと己の身体すら満足に支え切れていない。

恐らく、先程までの強固な結界は、相応のリスクを負った上で展開されていたのだろう。

無理を押している事は一目瞭然だった。

「この先へ進みたいのなら、ボクを斬り捨てろよ」

転がっていた〝影剣〟を携えて、〝英雄〟は言った。

次いで前屈みに身体を倒し、そこから地面を蹴って——肉薄せんとする。

その様子を見るに、近接戦闘が全くの素人というわけでもないのだろう。

……けれど。

「悪いが、馬鹿正直に付き合ってやる時間はねえんだ」

接地する場所を予測、そしてそこを目掛けて。

「〝影剣〟」

「いッ——!?」

ざくり。

そんな音が聞こえてしまう。

〝英雄〟の足下に影が生まれるや否や、地面から生えた〝影剣〟が見事に足に突き刺さっていた。

その一撃を皮切りに、俺は剣山を作るように二本、三本と次々〝影剣〟を出現させる。

十数秒後。

そこには無数の剣によって、紛う方なき剣山が出来上がっていた。

しかし。

「……あく、までボクを殺さないって……ッ？」

身に突き刺さったのは初めの一撃だけ。

その後は全て、行動を阻害する為だけに、〝英雄〟を囲うように剣が生み出されていた。

その事実を前に、〝英雄〟の表情は怒りで更に歪んだ。

「本当に殺さなきゃいけねえ、殺すしかねえと思ったなら、俺は一切の逡巡を捨てて殺すさ。だが、殺さずに済むなら殺さない。それだけの話だ」

恨むなら、自分の弱さを恨め。

淡々と告げ、立ち塞がった結界がぼろぼろと崩れ落ちてゆく様を目にしながら俺は、今度こその場を後にする。

あれくらいしておけば、身動きは取れないだろう。

直後、悔しさの滲んだ苦々しい声が耳に届いたけれど、それを無視して俺は先を急いだ。

「──相変わらず、甘いですね」

数分程、走り進んだ先。

既に開かれていた荘厳(そうごん)な扉の向こう側には、特別大きく開けた場所が存在していた。

こちらに背を向けたまま何かを仰ぎ見る、外套を羽織(はお)った一人の男が、まず俺の視界に映り込む。

「ですが、安心しましたよ。貴方があの頃から何一つとして変わっていなくて。変わっていたら、興醒(きょうざ)めにも程がある」

そう言って、男は振り返った。

「同志として共に手を取り合う、そんな未来も悪くはなかったんですが。やはり貴方と私(ワタシ)はこの関係が一番適当なのかもしれませんね」

興醒めと言っておきながらも、仮定の未来を話すその口振りは満更(まんざら)でもないように受け取れた。

そして男は顔を隠すフードの先を摘(つま)み、捲り上げる。

そこには、当然といえば当然だが、見慣れない顔があった。

歳は、二十代後半に見える。

整った顔立ちに、首の後ろで結(ゆ)われた銀糸を思わせる長髪が印象的な男性。

ただ、見た目が全く違うとはいえ、薄い唇を歪め酷薄(こくはく)に笑んでみせるその所作(しょさ)は、見間

違いようもなかった。

「昔話に花を咲かせる、なんて関係でもありませんし……早いところ、始めましょうか。二人だけのこの場所で、あの時の、続きでも──」

## 第二十話　着流しの男

「──にしてもやっぱり、私と同じ事を考える人はいますよねえ」

『虚離使い』。そう呼ばれる〝英雄〟ゼィルム・バルバトスの能力の助けを借り、見晴らしの良い場所へと転移を果たしたラティファは、案の定といった様子で呟いた。

「見晴らしの良い場所で戦況を窺う。ま、戦う上では常套手段ですしねえ。というか、そろそろ何か喋ってくれませんか？　まるで私が悲しい人みたいじゃないですか」

帝国に聳え立つ時計塔。

無言で階段を上り続け、漸く辿り着いた頂上付近で出会してしまった人物に、彼女は声を掛けていた。

斜面に腰を下ろす、着流し姿で無精髭を拵えた中年の男。

手には栓の抜かれた瓢箪と煙管が一つずつ。

眼下に広がる景色を眺めながら、ふーと煙を吐き出しては、ふくべを口に運(はこ)んでいた。

時折、息を吐く音と嚥下(えんげ)の音こそ聞こえるものの、ラティファの言葉に対する返事は一向にやってこない。

そもそも会話をする気がないのだろう。

そう結論付け、はぁ、とため息をつきながら、ラティファは続ける。

「……せめて、敵か味方かくらい教えて頂けませんかねぇ。私、こう見えて結構急いでるんですけど」

帝国内で一番高い場所に位置する時計塔の頂上付近からは、眼下に幾つもの闘争の痕跡が見て取れる。

そして、彼女の捜し人であるフェリがどこにいるのかも、この時点で大方の見当がついてしまっていた。

故に、返答を急がせる。

「……まぁ、まぁ。そう言いなさんな」

漸く聞こえてきた返事は、苦笑いを含んだ穏やかな口調であった。

「可憐(かれん)なお嬢さんにちょっとした提案なんだけどさ。キミ、おじさんとここでゆっくりお喋りでもしない？　戦いとかさ、ほら、面倒臭いじゃん」

男のその言葉は、己が帝国側の人間であると示唆(しさ)しているようなものであった。

「お互いにお互いが〝英雄〟格を足止めしてた。ほら、ちょうどお誂え向きの理由だって転がってる」

お互いの為にも拾おうや。その理由を。

背を向け、未だ煙管とふくべを交互に口に運ぶ男は、抜け抜けとそう言った。

しかし言葉の通り、本当に面倒臭いと考えているのだろう。彼から戦意は一切漂ってはいない。

「確かに、戦いは面倒臭いですからねえ」

「だろう？　だろう？　話が分かるお嬢さんで、おじさん、嬉し――」

「ですが――」

交渉成立と言わんばかりの男に対して、ラティファは待ったをかけた。

「――休戦を持ち掛けるには、いささか条件がつり合っていなさ過ぎな気がしますねえ」

「あれぇ、もしかして不満？」

「不満も不満です。私に休戦を持ち掛けたいなら、それこそ、〝氷葬〟なんて呼ばれていたあの人クラスじゃない限り応じてあげられませんねえ」

「……出血大サービスでまけてくれない？　おじさん、お嬢さんとは戦いたくないいんだけどなあ」

へらりと言い放つ男の真意がなんであるかを理解するまでもなく、ラティファは首を横に振っていた。

「百歩譲って、あそこと、あそこと……あそこ。あの三箇所で暴れてる人達も休戦してくれるなら、考えてあげてもいいですよ」

今まさに暴れているであろう帝国所属の〝英雄〟。その場所を視線で追い、無理を承知で提案してみる。だが。

「……いやいやいや、一人の為に四人は流石にやり過ぎでしょ。多くを求め過ぎだよ、お嬢さん。せめて、三人じゃない？」

案の定、拒絶の言葉がやってきた。

しかし、その無茶振りとも言える提案に寄り添おうとする男の言葉に、ラティファは片眉を僅かに上げる。

「あそこの『百面相』くん以外の三人で良ければ……なんとかおじさんがナシをつけてあげようじゃないか。『百面相』くんは、その、おじさんの言う事聞いてくれないからさ、勘弁してくんないかな」

男が冗談を言っているようには思えなかったからか、ラティファも安易に頷こうとはせずに、黙考を挟む。そして率直な感想を一つ。

「……私って、意外と高評価なんですね」

「そりゃ、お嬢さんが相当ヤバいって、おじさんの第六感が告げててねえ。是が非でもここは休戦に持ち込みたいわけなのさ」

「ですが、言ったはずですよ、百歩譲って、と」

百歩譲った上で、四人。

だからこそ、三人では話を聞いてあげられないと不敵な笑みを浮かべながら突き放す。

「……怖い。怖い。女の子に求められるのは男としては嬉しいけど、こういう求められ方はイヤだねえ。なーにが楽しくて殺し合いしなきゃいけないいんだか。そういうのは『氷葬』の領分だったんだけどねぇ」

あのヤロウ、死ぬ予定はないとか言っときながら真っ先に死にやがってよぉ。

と、男は恨めしげに付け加えた。

「別に私は、貴方が逃げてくれても、それはそれで構いませんけど？」

殺し合いをしたくないのなら、それも手であるとラティファは言ってみる。

しかし、冗談キツイよと言わんばかりに、男はくつくつと喉を鳴らして笑うだけ。

要するに、拒絶であった。

「ここだけの話、実はおじさん、お嬢さんの相手をしろって命を受けててね。背を向けて逃げたとあっては後々殺されちゃうのさ。だからその選択肢だけは選べないんだな」

それに、と言葉が続けられ。

「──『逆凪』」

男の口から紡がれたのは、帝国所属の〝英雄〟であった男の二つ名。

「あの子を殺したの、キミでしょ。初めはあの物騒な王子様の仕業かなって思ったんだけど、こうして相対したからこそ分かった。キミの仕業だったんだなって……彼、おじさんの数少ない友達でね。ここで何もせずに見逃したとあっては面目が立たないわけよ」

「優しいんですねぇ」

「んなわけあるかぁ。おじさんは見ての通り——ただのクソヤロウよ」

それは、唐突だった。

カラン。

男が手にしていたふくべが落下する音が響いた、と認識した時には既に、ラティファの視界から男の姿は掻き消えていた。

しかし、彼女はその事実を前にしても、焦燥感に駆られる事なく、空に広がる暗澹たる雷雲を見上げて平然と呟く。

「確かに、そうみたいですねぇ——はい、ずどん」

彼女のすぐ背後に、雷光が一直線に降り注いだ。僅かに遅れて轟音が届く。

ばちり、ばちりと音を立てる放電の余韻が、くっきりと事実として刻み込まれる。

たった一撃。

なれど、それが偶然であるとは到底思えなかったのか。

男の口から驚愕の言葉が漏れる。

「……おいおい、まじかあ⁉　もしかしなくてもコレ、お嬢さんの仕業？　ちょっと、おじさんピンチかも」

刹那の時間で姿をくらまし、背後に回って一撃を食らわせようと試みていた男であったが、すんでのところで危機を察知してか先の雷撃からは逃れていた。

そして、頭上に広がる雷雲の存在がラティファの仕業であると察知し、苦笑い。

「なんて言ってるくせに笑うなんて、随分と余裕ですねえ」

――――くひひっ。

彼に倣うように、酷薄としか思えない笑みがラティファの顔にも貼り付いていた。

目を細め、口角を引き上げながら発せられるその笑い声は、不気味な笑みは、見る者が見ればまず間違いなくこう言ったはずだ。

ファイ・ヘンゼ・ディストブルグがよく浮かべている笑みと同種のものであると。

「……いやぁ、これは参ったねえ」

嫌だ嫌だと言いながらも、つい先程までふくべを手にしていた男の右手は、腰に提げた得物の柄を握り締めている。

「のらりくらりとやり過ごそうと思ってたんだけど、ちょっとキツそう……おじさんの勘が正しいなら――」

そこで言葉が途切れる。

同時に、しゃらりと音を立てて銀に輝く細い片刃の得物が引き抜かれた。

「お嬢さんは、一番厄介なタイプだ」

「それはどうも」

地面を蹴りつける音だけを残して再度、男の姿が掻き消える。

そしてラティファの眼前に銀の軌跡が描かれた。

錯覚かと思ってしまう程、一瞬の剣閃。常人であれば、視認した時には既に手遅れでしかないその剣戟を前に、ラティファは悠々と言った。

「速いですけど、それだけですねえ」

バックステップ。

余裕綽綽と感想すら残し、ラティファも腰に提げていた両刃の剣の柄に手を伸ばす。

逆手でソレを引き抜きながら、何もないはずの虚空目掛けて真一文字に振り抜いた。

遅れて轟く、重い衝突音。

「その歳で剣まで達者かい……ッ!?」

次にどこへ攻撃がやってくるのか。それを的確に予測し、更にはそこに自らも躊躇なく攻撃を叩き込んだ。一連のその行動に、先の雷撃だけが脅威なのではないと男は判断。驚愕に目を見開きながら言葉をこぼしていた。

「感想を口にする暇は、貴方にないと思うんですけどねえ」

笑みを浮かべるラティファの周囲には、目に見える程の放電が生じていた。

そしてそれは音を立て、ぐるぐると螺旋を描きながら彼女が手にする剣に纏わりつく。

名付けるならば、〝雷剣〟とでもすべきか。

眩しいくらいの雷光を纏い、今度はラティファが一歩踏み出す。やがて繰り出されたのは、容赦ない縦横無尽の連撃。

心なし、大気が軋む音すら響いていた。

「いやいやぁ。案外、そうでもないと思うよ？　付け入る隙はまだ辛うじてあると思うなあ」

目にも留まらぬ速さで放たれるその連撃を躱す男は、何を思ってか、そう口にしていた。

「……付け入る隙、ですか」

「お嬢さん自身はかなりのやり手だ。でも、どうにも得物には恵まれなかったらしい」

攻撃を受ければその瞬間に感電する。

故に着流しの男には、ラティファの攻撃を避けるという選択肢しかないはずだ。なのに何故か、彼は逃げを捨てて、一歩踏み込んだ。

「——ほぉら、そこだ」

男の口から発せられたのは、驚く程に冷静な声であった。

直後、合わさる剣と、剣。

刃を伝って雷撃が襲いくる事を承知で放たれたその一撃は――

「……へえ」

ぴしり。と明確な壊音(かいおん)を生み出した。

亀裂が走ったのはラティファの手にする両刃の得物。次いで、ぱきりと刃が砕け散る。

「悪いが、お嬢さんは厄介そうなんで容赦は――」

ナシだ。

そう続くはずだっただろう男の発言が途切れる。気づけば刃の砕けた得物を躊躇なく手放し、距離を詰めて拳(こぶし)を引き絞っていたラティファが、視界に映り込んでいた。

返す刃で仕留(しと)めようと試みた男だったが、その攻撃は間に合わないと悟る。

「あ、はっ。甘いですねえ」

「い、っ、ぐッ⁉」

男の思考が追いついた時には、力強く握り締められたラティファの拳が腹部にめり込んでいた。

ミシリ、ピキリ。

骨を砕く音、そして遅れてやってくる雷撃が、攻撃への対処行動を悉(ことごと)く阻害し、逃げる事を許さない。

拳を食らった着流しの男は、そのまま一直線に、ある場所目掛けて塵芥同然に飛ばされる。

虚空に走る軌跡はまるで流れ星のようでもあって。遅れて響く地鳴りの如き轟音を耳にしながら、一瞬にして砂煙が舞い上がった場所を見つめ、ラティファは呟いた。

「……あの一撃を食らっても、剣は手放しませんか」

殺す気で放った一撃。

しかしラティファの周囲に今、あの着流しの男の剣は転がっていない。

であれば、仕留め切れていない可能性が高いと判断を下す。

「メイド長がいそうな場所に殴り飛ばした事ですし、早いところ私も合流するとしますかね」

男が飛んでいった先へ、ラティファは足を向けた。

## 第二十一話　共闘

「────ご、ハッ……‼」

まともに防御できなかった事により、着流しの男の身体は勢いよく吹き飛ばされ、受け身すら取れず一直線に大地に激突。

鮮紅色の飛沫を吐き散らしながら、男は苦悶の声を漏らした。

遅れて砂煙が舞い上がる。

唐突過ぎる事態に、驚愕の声が三方向から響く。

「……何かと思えば、ヨルドじゃん」

唯一明確な言葉を口にした人物——『百面相』と呼ばれる〝英雄〟は、攻撃の手を止めて今しがた飛んできた人物に目を向けた。

他方、何かしらの魔法攻撃が遠方から放たれたと捉えていたフェリは、己らの戦闘に割って入るように飛んできたものの正体が〝人〟であると認識するや否や、驚愕に目を剥いた。

「……ひ、と？」

続いて、リヴドラも呟く。

「新手、か……？　い、や——」

それは様子を窺うような怪訝な声音であった。

しかし、それも刹那。

飛ばされてきた人物が口の端から血を漏らし、重傷を負っているという現実を認識し、リヴドラが、どういう事だと顔を歪めた。

『氷葬』を殺（ヤ）った王子といい、なんつーバケモンを隠し持ってんだディストブルグはよ、お……ッ」

受けたダメージが大き過ぎたのか、未だ身体を起こせずにいるヨルドと呼ばれた着流しの男は、やっとの思いでそんな言葉を紡いだ。

そんな彼の様子に、これ幸いとばかりに『百面相（ピエロ）』は煽るような言葉を投げかける。

「なになにぃ？　もしかしてピンチなの？　ヨルド」

その『百面相（ピエロ）』はといえば、己の能力を行使しており、今の様相（ようそう）は『幻影遊戯』と呼ばれていたイディス・ファリザードを模っていた。

「そうそう、『百面相（ピエロ）』くんの言う通り、おじさん結構ピンチなんだよ。手ぇ貸してくんない？　コレ、おじさん一人の手に負えそうもなくてねぇ」

コレ。

随分と遠くから飛ばされてきたはずなのに、何故かもうすぐ側にまで彼の相手が迫っているかのような物言いに、疑問を覚えた人間は果たして何人いたか。

そして狙ったかのように――

「――どーも」

「ハッ、やっぱりそうなるよなぁ。見逃して、くれるわけがないわなぁ……ッ!?」

剣呑とした空気が満ちる場に似つかわしくないゆったりとした口調と、足音が、場にいた者達の鼓膜を揺らした。

「……な、んで――」

着流しの男に続いての乱入者。

その正体をよく知る人物は、先程以上の驚愕に喉を震わせる。

「なん、で、貴女がここにいるんですか、ラティファア――――ッ！！」

それは、悲鳴のような怒声であった。

「王城にいた子か」

フェリには、すぐ側で冷静にラティファアの事を分析するリヴドラに意識を向ける余裕すらないのだろう。彼の呟きに対する返事はなかった。

「あ、はは」

苦笑い。

フェリが発した割れんばかりの怒号に微かに眉を顰めながら、ラティファアは言葉を探しあぐねているようであった。

「殿下じゃないんですけど、死んでほしくなかったから。じゃ、ダメですかね」

そして、気恥ずかしそうに軽く頭を掻きながら彼女は続ける。

「……メイド長には、まだ死んでもらうわけにはいきませんから」

〝ど〟が付く程の死にたがりの姿を思い浮かべながら、ラティファアが先を紡いでいく。

「狡い言い方をすれば、これは私達の不始末でもあるから。とでも言えばいいんでしょうけど、殿下程過去に執着していない私が言うべき事ではありませんよねえ」

故に、それを理由にするつもりはないと。

「だから、私が強いて理由を述べるとすれば……きっとあの何気ない日常をまだ享受していたいから。とでもなるんでしょうね」

「…………」

だからやってきたのだ、とラティファは言う。

その純粋な想いに対して、否定的な言葉をぶつけられるフェリではない。彼女はただただ、押し黙るしかなかった。

「あの〝ファイ〟に生きる理由を押し付けておいて、もしメイド長が自分だけ先に逝こうだなんて考えてるんでしたら、そうは問屋が卸しませんよ」

他にも要素はあっただろう。

でも確実に、ファイ・ヘンゼ・ディストブルグという人間は、フェリ・フォン・ユグスティヌという人物がいたからこそ、変わりつつあった。

……否、これは変わったのではなく、元々持っていた人間性が戻ってきたというだけの話なのかもしれない。でも、それが良い傾向である事は疑いようもなかった。

「と、いうわけです。なので、一時的でしかありませんが、共闘といきましょうかねえ」

口を真一文字に引き結び黙って聞いていたリヴドラに、ラティファが言葉を投げかける。

しかしリヴドラは、ラティファの事がイマイチ信用できていないらしく、表情には険が入り交じっていた。

「ああ、別に、無理に味方と認識しなくていいですよ。そう思われると私も困りますし。あくまで私は、フェリ・フォン・ユグスティヌの味方でしかありませんから。他は平気で見捨てて、殺す気でいます」

善人か悪人か。極端な天秤にかければ、ラティファが善人側に傾く人間である事は疑いようもない。

それでもやはり、彼女も〝あの世界〟の住人だった人間である。

共闘を口にしたとは言え、求めた関係はひどくドライなものだった。

「敵の敵は味方。そのくらいの認識がちょうどいいでしょうねえ」

信頼も、信用もしていない。

刃を向ける敵がお互いに同じであるだけ。

何より、〝異種族〟である貴方がたが、人間である私を信用する事は無理なんでしょう？

——そんな風に考えるラティファの思考を汲み取ったのか。

僅かに目を細め、リヴドラが言葉を返した。

「……なるほどね」

話は纏まった。そう判断してラティファが敵を見据えようとした時。

「ま、っ、てくださいラティファ。貴女がここにいるという事はつまり――」

「はい。勿論、殿下もいらっしゃってますよ。というか、私がここにいるのは妥協した上での結果ですし」

ファイを一人で行かせるくらいなら、私がついてきた方がまだいい。

そんな考えで仕方なく、ついてきたのだと、平然と嘘をつく。

でも、それは優しい嘘だった。

ファイの意思を汲んだ上で、フェリを助けたいからこうしてやってきたのだと言えば、間違いなく彼女は顔を顰（しか）めただろう。

だったら、彼女が比較的納得してくれそうな理由で取り繕っておいた方がいい。

「ですが、これでいよいよ悠長に構えていられなくなりましたねえ」

決して無為（むい）に時間を消費していたわけではない事は、フェリの身体のあちこちに見られる傷が物語っている。

しかしそれを踏まえた上で、ラティファはそう口にしていた。

「――で。そろそろ待ちくたびれたんだけど、再開しちゃってもいいのかなあ？」

二人の話に割り込むように『百面相（ピエロ）』と呼ばれていた男がひと言。

「待ちくたびれた、ですか？　……まったまたあ。流石に三対一じゃ分が悪いからそこの剣士さんの回復を待ってた、って素直に言っちゃいましょうよ。だからこそ、私もゆっくり会話に興じてたのに。そういう見え見えの嘘は格好悪いですよ？」

「…………」

タイミングを計ったように話し掛けてきた『百面相（ピエロ）』に対して、ラティファが全力で煽りにかかる。

恐らく図星だったのだろう、けらけらと笑みを貼り付けながら放たれたその煽りの威力は、推（お）して知るべしである。

ふらつく身体を無理矢理に動かして立ち上がりつつ、精一杯の虚勢（きょせい）を前面に押し出しながらヨルドが言う。

「……挑発に乗るなよ、『百面相（ピエロ）』くん。そこのお嬢さん、相当な手練（てだ）れだよ。強さで言えば『氷葬』クラス。人のよさそうなあのなりで、殺しに対する躊躇が一切ない……ぶっちゃけ、おじさんさっきの休戦条件呑みたいくらい」

だが、既に交渉が決裂（けつれつ）してしまった今、同じ条件が有効だとは欠片（かけら）も思っていないのだろう。

そう言いつつも、ヨルドが再び休戦を持ちかける様子はない。

「可憐な乙女（おとめ）に対してひどい言（い）い様（ざま）ですねえ。舐められるよりはよっぽどマシですけど、あのムキムキと私を一緒にしないでもらいたいです」

ファイが剣を交えていた大男の姿を思い起こしながら、ラティファがぶうたれた。

「だったらちっとは手加減してくれないかなぁ？　おじさん、さっきの攻撃のせいで今にも気絶（きぜつ）しそうなんだけど」

「先に仕掛けてきたのは貴方じゃないですか。そういうのを自業自得って言うんですよ」

「そう言われると、耳が痛いねえ……」

それを最後に、会話が止まる。

やがて——

「む」

ふっ、と『百面相（ピエロ）』とヨルドの姿が掻き消える。それはまるで、はなからそこにいなかったと錯覚してしまう程、一瞬の出来事だった。

「幻惑、ですか」

しかしラティファは、己の経験と勘のみで、瞬時に答えに辿り着く。

次いで、気配が急激に近くなった事を認識して、対処すべく——

そこまで思考が進んだところで、ラティファの眼前に人影が割り込んだ。

その正体は、フェリ・フォン・ユグスティヌ。

「貴方の相手は、私達です」

「チ、イッ。だっ、からッ‼　なんで分かるのかなあ⁉　場所がさぁッ‼」

程なく響き渡る金属音。

『百面相(ピエロ)』の苛立った声音と共に、二度、三度と乱暴に剣が振るわれるも、フェリはそれを綺麗に避けてみせる。

「〝竜炎の咆哮(ドラゴンブレス)〟――‼」

猛(たけ)る叫び声と共に圧倒的な質量の赤い奔流(ほんりゅう)が、帽子を被った男(リヴドラ)の口から吐き出された。

それを食らうまいと『百面相(ピエロ)』が場を離脱(りだつ)――

「――させてあげませぇん」

しようとするが、即座に援護(えんご)に切り替えていたラティファの意地の悪い声が響く。

ゴロゴロと不穏(ふおん)な音が鳴り始めたと、その場の誰もが認識した直後。

眩(まばゆ)い光がひと筋(すじ)の縦の線となって、それが幾つも『百面相(ピエロ)』の逃げた先に雨霰(あめあられ)と降り注いだ。

「ぃッ」

ジュッ、と焼け焦(こ)げる音と同時に苦悶の声が聞こえる。

――これでトドメ。

胸中でそう呟きながら、圧倒的な物量でもって仕留めようと試みるラティファであったが。

「……それは、させてあげられないよねえ？」

すんでのところでとどまり、バックステップで回避。

幻惑で姿を隠したままだったヨルドの姿が、ゆっくりとあらわになってゆく。

数瞬前までラティファがいた場所は、彼の得物によって一刀両断されていた。

「はぁ。真正面はダメ。そして、不意打ちもダメときた。とても魔法じゃお嬢さんに勝てそうにもないし……」

蓄積されたダメージのせいか、時計塔での戦いの時よりずっと重そうに身体を動かすヨルドが、小さく愚痴をこぼす。

「ったく、はぁ。あんまり使いたくはないんだけど、おじさんもまだ死にたくないし、これは使うしかないねえ──〝黒魔道典〟」

ヨルドの言葉に呼応するように、一メートルはあろうかという特大の分厚い本が彼の背後に現れた。

宙に浮かび、パラパラと音を立てながら、自動で勢いよく捲られていく本のページ。

「六十七ページ、〝鬼化の項〟」

やがてそれは止まり、開かれたページが発光する。次いでヨルドの相貌に、趣味の悪いタトゥーのようなものが浮かび上がった。

「…………へえ」

刹那、何かを悟ってか、ラティファが感嘆めいた呟きを漏らしながら右手を広げた。その手のひらが即座にバチリと音を立て、雷のような剣が現れる。

空気が爆発した。

そんな形容詞がふさわしい勢いを伴う肉薄が行われ——次の瞬間、二つの強烈な踏み込みと共に甲高い衝突音が響き渡った。

# 第二十二話　泣き虫

音が鳴る。

鉄同士が重なり合い、衝突する音。

ガン、ガン、と叩き付ける凄絶な衝撃音は、火花を伴って幾度となく響き渡る。

「——〝雷装〟」

一切の情という不純物を削いだ、冷ややかな声音。

それは殺意の度合いをこれ以上なく示していた。バチリと音を立ててラティファの身体に纏わりつく雷によって、彼女の動きが更に俊敏になる。

「進むしかありませんよ」

空から降り注ぐ雷光。

相対する敵の退路を的確に塞ぐ事で、次に起こす行動の選択を制限する。

一度距離を取って立て直そうと試みたヨルドの行動をも阻害した上で、ラティファは残された唯一の選択肢を口にした。

「ここでよりにもよって真っ向勝負を強要しちゃうのかい⁉」

慢心の欠片もありゃしねえなぁっ‼

と、ヨルドが叫び散らす。

しかし彼に残された選択肢は、言われた通り真正面からの一点突破のみ。

下がれば無数の雷撃に撃ち貫かれる未来が待っている。躊躇すれば、足掻く事すらできなくなる。なればこそ、距離を詰めて剣での勝負に持ち込むしか道は残されていない。

程なく二方向より、ざり、と土を強く踏み締める音が立ち、蹴り上げられた土塊が宙を舞う。

眩く光り輝く剣閃と、円弧を描く銀の軌跡が再度衝突する。そして目にも留まらぬ速さで、二度、三度と立て続けに攻撃が繰り出され、苦悶の声と共に血飛沫が途切れ途切れに大地に落ちては赤の水玉を作った。

しかし、その傷は致命傷には程遠い。

「〝雷装〟――――‼」

再度の詠唱。

「……お、イ、オイ!?　ここにきて、双剣って……!!」

バチリと音を立てて現れたのは、今ラティファが手にしている雷の剣と同様のもの。

ふた振り目。

それが意味するところはつまり――

「ツ、間に合わ――!!」

攻撃の幅も、それだけ広がってしまうという事。

一方の手より繰り出された一撃をなんとか防ぐも、続けざまにもう一方の手から繰り出される一撃により、ヨルドの顔に皺が深く刻まれる。

そして、すんでのところで防衛本能が働いたのか。

びきり。と本来鳴ってはいけない音を響かせながらも、身体を泣き別れさせんばかりに振るわれた一撃を、ブリッジのような動きで回避した。

「――流石ですね」

咄嗟のふた振り目の攻撃にも反応されたのは意外だったのか、ラティファの称賛の声が一つ。

しかし、その二撃目を回避してしまったが為に、ヨルドの現状は最早死に体であった。

「ですが、これで終わりです」

一瞬にして懐（ふところ）へと潜（もぐ）り込み、手にしていた剣を何故か手放し、即座に握り拳を作った右の手を引き絞って放つまでコンマ数秒。

なんとか体勢を立て直して対処を試みようとしていたヨルドの腹部目掛けて……

ドン。

とてつもない衝撃音が強く響き渡り、本日二度目の殴り飛ばしにあったヨルドは後方にあった大木に吸い込まれるように激突する。

ずず、ん、と地鳴りのような音が遅れて聞こえてきた。

「……ったく昔の人間ってのは、どいつもこいつもバケモノじゃなきゃいけねえって制約でもあるのかい」

地べたに大の字で倒れ、時折、かは、と血反吐（ちへど）を吐きながら、ヨルドはそう口にする。

「こっ、ちは、借り物の力の〝黒魔道典（グリモア）〟まで持ち出して戦ってたってのに、それでも勝てないって自信喪失（そうしつ）どころの話じゃないよ、全く」

ヨルドの全身至るところに裂傷（れっしょう）が見られ、それは紛う方なき満身創痍（まんしんそうい）だ。

つい先程までくっきりと浮かび上がっていたはずの悪趣味なタトゥーは、どういった原理なのか、何故か薄くなって消え掛かっていた。

「それ、で。おじさんは、何で殺さなかったのか、とでも聞けばいいのかな」

「聞きたい事があります」

ヨルドが倒れ伏している場所まで足早に歩み寄って、ラティファが尋ねた。

「貴方は何を……いえ、一体どこまで知っているんですか」

彼は戦闘の最中、しばしばラティファの事を知っているかのような言葉を漏らしていた。

先程の「昔の人間」というのもその一つ。

現状、ラティファの事情を知っているのは、ほんのひと握りの人間のみのはずだ。

「言っただろう？　おじさんはお嬢さんの相手をしろと言われたってさ。その際に色々と聞いててね……もう今更でしかないけど、〝あの人〟はおじさんが万が一にも勝てる見込みはないって断言してたよ」

「なのに、相手をしろと言われたんですか」

それではまるで、死んでこいと言われているようなものではないか。

ラティファはそう指摘しようとしたものの、先を越される。

「ああ、そうだよ。そんなわけで特別に、お嬢さんの足止めをする為の秘策も預かってきた。戦闘で足止めできるとは到底思っていないから、会話で足を止めさせろって話さ」

事実、ラティファはトドメを刺せたにもかかわらず、トドメを刺さなかった。

つまり、ヨルドが吹き込まれたその手段は正しかったという事だ。

「会話、ですか」

「――ヴィンツェンツ」

「……何を吹き込まれたのか知りませんけど、下手な事を言うようであれば、ぶち殺しますよ」

「は、っ、怖い怖い。たったひと言でそこまで豹変しちゃうのかい」

たったひと言。『ヴィンツェンツ』と耳にしただけで、ラティファの雰囲気はガラリと変貌した。思わず身が竦む程の殺気が立ち上る。

「だが、これを言えばお嬢さんはすぐに手を出せなくなるとも聞いてる。〝あの人〟曰く、気になってるんだろう？　どうして、過去の亡霊であるお嬢さんとディストブルグの王子が、転生を果たしてしまったのか。そして、ヴィンツェンツの正体についても」

「それを、貴方は知っていると？」

「〝あの人〟は。かつて〝黒の行商〟と呼ばれていたという〝あの人〟は、言ってたよ。ヴィンツェンツと私は、かつては親友の仲であったと――」

ズガンッ!!

言い終わるより先に、言葉を遮るようにヨルドのすぐ側に一筋の雷光が降り注いだ。それはまさに怒りの発露。

ヨルドに向けられたラティファの瞳は、飢えた肉食獣の如く血走っていた。

「……ヴィンツェンツと、あのクソ野郎が親友、ですか……？　戯言も大概にしてくださいねえ……ッ。ヴィンツェンツはアイツを誰よりも嫌ってた!!　殺す事のみに心血を注いでいた!!　何よりも許せないと憤っていたッ!!　アイツを殺すまでは、〝異形〟を根絶するまでは死ねないって……ッ!!　なのに、なのに、その苦悩も痛みも何も知らない奴が、そんな妄言を軽々と口にするな……ッ!!!」

そんな奴と親友だったなんて過去はあるはずがないと。

そんな過去があって堪るかと。

ヨルドの言葉ただ一つだけでラティファの冷静さは猛烈な勢いで削り取られ、気づけば、口調を取り繕う事すらできなくなっていた。

しかし、その憤りに当てられて尚、ヨルドは喋る事をやめない。ここで言葉を止めてしまえば、それこそ間違いなく殺されてしまうと分かっているから。

「己の〝血統技能〟である〝時間遡行〟を用いてヴィンツェンツがキミ達を転生させた一番の理由は、彼がかつての親友であった私という人間を、皮肉にも誰より理解していたからだ……そう、言ってたよ」

血統技能。時間遡行。転生。黒の行商。

羅列されるそれらの言葉は、あの時を生きていた人間しか知り得ないものであった。

中でもヴィンツェンツの能力を知っていたのはごく一部。

故に、確かに〝黒の行商〟がヨルドの背後にいる可能性は高いだろう、とラティファァは判断を下す。

「ヴィンツェンツの能力は〝時間遡行〟です。なのにどうして、私とシヅキを未来に転生させる事ができたんですか」

彼女は一度深呼吸をして、無闇矢鱈に怒っても仕方がないと、我に返る。

そして気づいた。未来に転生させる行為は、ラティファァが知る彼の能力にそぐわない。

ラティファァは、仮にも親友を名乗るのであれば分かっていたはずですよね、と圧を込めながら問い掛けた。

「おじさんはよく知らないけど、〝血統技能〟ってやつは干渉力が高ければ高い程、制限が存在するらしいよ。ただ、それはあくまで制限。なんらかのキッカケ、もしくは代償(だいしょう)を払いさえすれば、その制限は限定的に無視する事ができる。そう、私(ワタシ)はヴィンツェンツに教えてもらった、だそうだ」

ヴィンツェンツの能力は正確には〝時間遡行〟ではなく、時間を操る事。

ただし、遡行以外の行為に関してはなんらかの代償が付き纏う——と。

「……なるほど」

そして、ラティファァはその仕組みに心当たりがあったのか、微かに目を細め、想起(そうき)した。

瞼の裏に浮かぶ光景は在りし日の思い出。

『自分の影からしか、〝影剣〟を生み出せない？　それは、本当に？』

ヴィンツェンツの言葉が蘇る。

事あるごとにそう言って、シヅキの成長を促そうと試みていた白髪の男性の声が。

「確かに、ヴィンツェンツならやってのけそうです」

不服そうな色は若干残っていたものの、一応、ラティファは首肯した。

「だとすれば、私も向かう他ありませんね。真偽の程は定かでないとはいえ、相手があの〝黒の行商〟であるならば、私も加わらないと」

「それ、なんだがなあ？　最後に一つ。〝あの人〟からお嬢さんに伝言だ」

「……まだあるんですか」

「いやいやあ、ここからが本題のようなもんさ」

先までの言葉はただの前置きであるとヨルドが言う。

ラティファの足を止める為に用意された話は、ここからが本題であると。

「お嬢さんが『シヅキ』と呼ぶ人間が、戦いの最後に、どんな言葉を漏らしていたか。それを伝えてやれと言われててね」

すぐさまファイのもとに向かおうとしていたラティファの足が、その言葉のせいで硬直した。

やがて、彼女の返答を待たずに言葉が紡がれる。

『俺は強くなりたくなかった。俺は、先生達（みんな）といられれば、それで良かった。それが、良かったんだ。そして叶うなら、俺も先生達（みんな）と一緒に、笑って死にたかった。だが、ら、俺の願いなんて、何一つ叶ってねえよ……ッ』」

「…………」

それは確かに、彼女がかつて弱虫と呼び、同じ師を持ったあの人間らしい言葉だった。

だからか、ラティファは口を真一文字に引き結んでいた。

「『私（ワタシ）は死に際（ぎわ）に、わざわざ強いと、願いが叶って良かったなと称賛してやったのに、そいつは泣きそうな顔で言ったんですよ。勝ったというのに、泣いていたんです。念願叶って私（ワタシ）を斬り殺せたというのに、馬鹿みたいに悲しそうな面（ツラ）をしていました。本当に、変な奴でした……でも、それは思わず笑えるくらい〝らしい〟ものでしたよ。彼は、どうしようもなくヴィンツェンツの弟子（でし）らしい子でしたよ』」

続けられた言葉は、彼女からすれば、忘れもしない〝黒の行商〟らしい口調のものであった。

「お嬢さんが向かえば、ディストブルグの王子はまず間違いなく死を選ぶぞ。だから、邪魔をしてくれるな……だとさ」

「……なるほど。なかなか痛いところを突いてきますね」

ファイ・ヘンゼ・ディストブルグの根底にある〝笑って死にたい〟という願望はきっと、未だ失われてはいない。

機会があれば、間違いなく手を伸ばすだろう。それが、己の知己を守る為であれば尚更に。

ラティファはヨルドから視線を外し、空を見上げた。

少し離れた場所で、『百面相(ピエロ)』が戦闘不能に陥りかけている様を一瞬ばかり確認した後、呟く。

「やっぱり、泣き虫は最後まで泣き虫だった、か」

知りたかったけど、やっぱり知りたくなかった……どうしようもないくらい、申し訳なくなるから。

力のないその言葉は、口にした当人以外の誰の耳にも届く事なく、風にさらわれて薄れて消えた。

# 第二十三話　過去の亡霊が二人

「――は、はハっ」

頬が裂けたかのような唇の歪みは、疑いようもない歓喜の表れ。

喉を震わせ、クローグはどこまでも喜悦の感情を曝け出す。

「ふは、やはり、こうでなくては。人間とは、こうでなくては。いやはや、愉しいですねえ？」

「愉しい、わけねえだろ……ッ！！」

反射的に、腹の底から声が出た。

本心から愉しくて仕方ないと言っているのが分かってしまう分、余計に腹が立つ。

きっと、それも戦略のうちなのだろう。

ひと言、ひと言、彼の言葉を耳にするたび、猛烈な勢いで冷静さが削り取られていくのがよく分かる。そして、そのせいで剣筋が鈍っている事も。

頭を冷やさなければいけないと思っているのに、それができなかった。

無闇に振るい続ける剣が虚空を裂き、風を斬る音だけが響き渡る。

俺は顔を引き攣らせて、精一杯口の端を持ち上げる。

コイツの前でだけは、この行為を止めるわけにはいかない。その確固たる意志でもって無理矢理に嗤おうとしている俺を見て、彼は言う。

「おかしい事もあったものです。貴方は、こんなにも愉しそうに嗤っているというのに、愉しくないと言う」

今の俺はもう、笑っているのか怒っているのか判別できない表情だろうに、逡巡なくクローグはそう断じた。

「……まあ、その理由は知っていますが。顔で笑って、心で泣いて。剣を振るう為に、感情を殺せと……全く、ヴィンツェンツもひどい教えを遺したものです」

「て、めぇが先生を語ってんじゃねえよ……‼」

「今はこんなナリですが、私もそれなりに歳を食ってきたせいですかね。時折、懐古したくなるんですよ」

だから許してくれと。

欠片も思っていないだろう建前を口にした後、クローグは軽薄に嗤う。

そのすかした面に風穴を開けてやりたい衝動に駆られるが、それが難しいという事は俺だからこそ分かっていた。

〝黒の行商〟クローグの〝血統技能〟は、〝模倣〟。

相手の〝血統技能〟をそのまま己の能力として、一切の欠陥なく、完全に〝模倣〟するというものだ。

もしここで俺が〝影剣〟の能力を使えば、クローグにも〝影剣〟を使う機会を与えてしまう事になる。

だから、剣一本で戦う事を余儀なくされていた。

「しかし、驚きましたよ。貴方だけではなく、あの子までこの時代にいたとは……いえ、ある意味当然といえば当然ですか。ヴィンツェンツが転生させるとすれば、貴方と彼女の二人しか選択肢はありませんでしたからね」

「ごちゃごちゃうるっせぇんだよ！！！」

クローグが手にする剣と〝影剣(スパーダ)〟が合わさり、鼓膜を破らんばかりに凄絶な衝突音が鳴り響く。

しかし肉を斬り裂く感触(かんしょく)ではなく、鉄同士の重い衝突が手を伝うだけ。

「おやおや、そんな事を言っても良いんですか？　以前より貴方を視ていた私(ワタシ)には、貴方が気にしているようにしか思えませんでしたが」

クローグが言い終わると同時に、懐かしい言葉が蘇った。

それは、リィンツェルに向かった際、孤島で戦った吸血鬼——ヴェルナーの死に際のひと言。

『敗者は大人しく、おっかねえヤツに目ぇつけられてる剣士クンを、どっかから眺めとくとするぜ』

……なるほど。

あの時の言葉は、そういう事か。

「なんと言おうが、あんたの言葉は俺にとって信用に値しねえ……全てが戯言だ」

すぐにでも斬り殺してその口を封じてやりたいというのに、それができない自分自身に、どうしようもなく腹が立つ。

……だけど、相手はあのクローグだ。

先生達(みんな)でさえ手を焼いた、クローグだ。一度勝てたからと言って、二度目も上手くいくとは限らない。だから、勝負を急いで致命傷を負う事だけは、何があっても避けなくてはならなかった。

「貴方と彼女以外の人間がこの時代にいない理由は、至極単純ですよ」

会話になっていなかった。

各々が各々の都合に合わせて言葉を吐き出す。

俺の言葉があろうとなかろうと、クローグははなから口にするつもりだったのだ。

「ヴィンツェンツをはじめとしたあの面々は、死すべき場所だけを求める歩く死人だったからです」

「だま、れ」

「辛うじて意思を繋ぎ止めているだけの、生きる屍(しかばね)でしたから。生きたいと願わない者達を、そんな奴らを、どうして転生させられようか。土台無理な話なんですよ。実際、そうだったんじゃないですか？　全員、文句の一つも言わずに、笑って逝ったんじゃないんですか？」

「黙れ、って言ってんだろ――――ッ!!」

認めたくないのに。

一番認めたくない人間の言葉であるはずなのに、それが事実であるが為に頭ごなしに否定もできず、するりと隙間を縫うように頭の中に入り込んでくる。

己の感情が、忙しく揺れ動く。

……そしてまた、俺は剣を振るった。

「これは認められない、じゃない。認めるしかないんですよ。それが事実だ。それが現実だ。結局、貴方は利用されていただけだったんです。ヴィンツェンツという男に手を差し伸べられたあの瞬間から、貴方は都合のいいように利用される駒(こま)でしかなかった」

憐(あわ)れみの込められたクローグの言葉は、立て続けに俺の鼓膜を揺らす。

「だから言ったのに。だから私(ワタシ)もまた、手を差し伸べたというのに。不幸で、憐れな貴方を私(ワタシ)が殺して(救って)あげましょうと。しかし、あの時、貴方は私(ワタシ)の手を振り払った」

ああ、そうだ。

その通りだ。あの時の俺は、そもそもクローグの言葉には一つとして耳を貸さなかった。

でも。

「……それがどうした。あんたの目に、俺がどう映っていたのかは知らねえ。だけど、それでもあの行為に、悔いはねえ。間違いだったとも思ってねえ」

それだけは、変わる余地のない、俺の中にある揺るぎない事実であった。

「そのせいで、自分自身に刃を突き立てる羽目になったというのに？」

「…………っ」

ざわりと何かが身体を這い上る感覚に襲われ、俺は反射的にクローグから距離を取った。

思わず言葉を失う。一体、どこまで知ってやがる。

いや……今更だ。

クローグ（コイツ）の得体が知れない事なんて、今更でしかない。

そう言い聞かせて必死に取り繕う。

「私（ワタシ）の願いは、誰をも救う事でした。特に、苦しんでいる連中を救いたかった。私（ワタシ）のように、絶望に囚（とら）われてしまった者達を、どうにかして救ってやりたかった」

舌に乗せられた感情は、〝慈愛（じあい）〟に似たナニカのようにも思えた。

「だからこそ、許せないんですよ。私（ワタシ）には、この現状が。私（ワタシ）は全てを犠牲にしてでも、恨み、辛み、全てを背負い込む事になろうとも、何もかもをゼロにする為に奔走（ほんそう）した……‼」

その〝想い〟こそが〝異形〟を生み出した原動力。

「あんな世界は間違っている。だからこそ、全てを壊して何もかもをなかった事にしたかった」

あんな世界は間違っている。

クローグの口から溢れ出た叫びは、俺の中にも存在する確かな事実であった。

でも、同意できたのはたったそれだけ。

その他は理解の埒外だった。

「……剣を振るうのはいい。人を殺すのも仕方がない。過ちは誰にだってあります。食い違いはどの世界にも存在しています。嘘をつく事も、自分勝手に救う事も、何もかもがあって然るべき行為です……ですが、あの時の私の覚悟を、想いを、願いを侮辱する行為だけは何があろうと許さない……ッッ！！」

怒気と殺意の感情が、吐き散らされた言葉と共にびりびりと周囲に伝播する。

しかしそれも刹那。

「……だから、譲れないんですよ」

急速に跳ね上がった感情が、一気に沈静化した。

「何があろうと、これだけは譲れない。私を止めたいのなら、あの時のように殺す以外方法はありませんよ」

酷薄に笑む。仄暗い瞳が、俺を射抜いた。

でもそこには、一抹の違和感が同居していた。

クローグはどこか、殺されたがっているようにも思えて。けれど、その違和感を口にすると致命的な何かが崩れ落ちてしまう予感がして、彼方に追いやる。

「ですが、そんな様子見の生半可な覚悟では、天地がひっくり返ろうと私には勝てやしない」

つまり、何が言いたいのか分かるよなと、窺うように言ってくる。

その答えは明らかであった。

要するに、〝模倣〟を警戒していないでとっとと〝血統技能〟を使ってこいという事だ。

「しましょうよ。躊躇ってないで、久方振りの真っ向からの意地の張り合いをしましょうよ」

剣を手にして相対したが最後。

こうなる未来しか待っていないと分かっていた。言われずとも分かっていた事だった。

「認められないのなら、力でもって無理矢理に認めさせるしかない。それが私達という人間でしょう？　それしか手段はないと、分かっているでしょう？」

会話で分かり合えるのであれば、間違いなく、あの時殺し合いにまで発展はしていなかった。

そして各々の根本的な部分が違っているが為に、「妥協」という二文字だけは死んでもありえないない。現に、死んでもこうして敵意を向け合っている。

「私が言えた義理ではありませんが——この期に及んで出し惜しみなんて、しないでくださいよ」

——それとも、そうするしかできないくらいに、ぬるま湯に浸かり過ぎましたか。

そんな侮蔑の言葉が続いた。

「……勝手に言ってろ」

むきになればなる程、相手の気分を良くするだけ。クローグはそういう奴だ。

自分自身に言い聞かせながら言葉を吐き捨てる。

直後、びきり、と身体から軋む音が上がった。

俺の感情に呼応するように、黒い靄が足下からぶわりと噴き上がり、身体に纏わりつく。

「流石に最後まで生き残っていただけあって、〝血統技能〟の扱いがやはり上手い」

あんたの称賛は求めてねえよ。そう言わんばかりに黙殺し、強く睨み付ける。

「身体能力の、向上。なるほど、影にはそんな使い方もありましたか」

止めるつもりはないのだろう。

己の考察を愉しそうにただただ垂れ流すだけ。

そんな彼をよそに、黒い影がぽつぽつとあちらこちらに浮かび上がっていく。

〝影剣〟の能力を〝模倣〟されるか。あるいは、それ以前に〝模倣〟した何かの能力で応戦してくるか。

相手の選択の幅を不用意に広げたくないからと剣一つで戦っていたが……もうやめだ。

剣だけでは埒が明かないし、何よりこれ以上クローグに戯言を紡がせる事が許せなかった。

「──────くは」

だから、俺にできる最大限の醜悪な笑みでもって嘲笑う。

それはいつ何時でも守れと言われ続けてきた教え。煩雑としていた頭の中が、不思議と

クリアになってゆく。

「ぐだぐだぐだ、うるせえよ」

──────〝影剣〟──────

それは無拍子かつ、高速の一撃。

クローグの影から飛び出す刃は一直線に彼の胸部へと伸び、同時に衝突音が生じた。

防がれた、と確信させられる金属音を耳にしながらも、俺はクローグに肉薄する。

声を聞きたくねえなら、喋る余裕すら奪ってしまえ。

そもそも、喋らせせんな。それだけの話だろ。

ずっと昔に誰かから言われた言葉が脳裏を過(よぎ)る。

ああ、そうだ。その通りだ。

「喋る暇があんなら剣を振れよ。仕掛けろよ。あんたこそ、随分と甘くなったんじゃねえのか。なぁ——〝影剣(スパーダ)〟ッ！！」

周囲に点在していた影から姿を覗かせる剣の切っ先。その数、百は下らない。

「まさか。私(ワタシ)は親切に待ってあげていただけですよ。たった一度とはいえ、貴方は私(ワタシ)を殺した人間です。それが、こんなにも甘ちゃんになっていただなんて事実、認めたくないじゃないですか。認めてしまえばそれこそ、私(ワタシ)の格まで地に落ちる」

だから、言葉で煽ったのだと。

俺の中の怒りの感情を誘発させ続けているのは、それが理由であるのだと。

しかしその間にも、点在する影に潜んでいた〝影剣(スパーダ)〟が一斉に姿を現して、クローグに向かって飛来する。

四方八方、逃げ道を塞ぐように展開されていたはずが、次の瞬間に聞こえてきたクローグの声の出どころは視線の先ではなく——

「そんな見え見えの攻撃が当たるものですか」

——背後。

反射的に振り返りざま、手にしていた剣を振るい、生まれた火花が虚空に飛び散る。

……なんの能力だ。

それを考えるより先に声がやってきた。

「根比べといきましょうか」

その言葉の意図は……否、考えを巡らすコンマ数秒すら今は惜しくて。

「死せ――」

なんらかの能力で逃げるのなら、では、逃げ道を全て塞いでしまえ。

それで解決だ。それで、殺せる。

「『――〝死屍累々〟――!!!』」

しかし何故か、声が重なった。

その事実が何を意味するのかを理解して、舌を鳴らす。

「……チ、イッ」

場を包み込む圧倒的なプレッシャー。

そして即座に足下から生え出る無数の刃――〝死屍累々〟。

それは、クローグだけでなく、俺すらも巻き込んで盛大に展開されていく。

〝模倣〟。

クローグの能力を考えれば、疑問は瞬時に氷解した。

「言ったじゃありませんかッ!! 私はあの時の!! 続きをと!!!」

高ぶる感情をそのまま曝け出し、クローグは叫び散らす。お互いに〝影剣(スパーダ)〟を使って戦った過去を持ち出し、喜色をあらわにした。

「待ち受ける未来を認められないのなら、容赦なくこの身体を斬り捨てろ!! さあッ、意地の張り合いといきましょうか!!」

目で追うという行為が馬鹿らしく思える程の速さで未だその数を増やす〝死屍累々(スパーダ)〟。

痛々しい音を響かせて俺とクローグの身体に深々と突き刺さり、血が噴き上がる。

けれどお互い痛がる様子を微塵も見せず、突き刺さった剣すら引き抜かずに、剣を持つ手に力を込める。

そして奇(く)しくも、次に掴み取った攻撃手段はお互いに全く同様のものだった。

横薙(よこな)ぎ——一閃(いっせん)。

三日月の斬撃(ざんげき)が同時に繰り出され、重なり合い、衝撃波が撒き散らされた。

## 第二十四話　それは誰の『救い』か

『憎いよ』

ぽつりと、言葉が漏れる。

『殺してやりたいくらい憎いし、嫌いだ。だから僕はこうして剣を振るってるのだから……でも、庇うわけじゃないけど、あいつもきっと憐れな奴なんだと思う』

これは気が遠くなる程昔の記憶。

ヴィンツェンツに〝黒の行商〟について問うた際に返ってきた言葉だった。

空に撒かれた星を唯一の光源として、闇夜に包まれながら俺は岩に腰を下ろし、ヴィンツェンツと言葉を交わしていた。

『この世界は、間違ってる』

やってきたのは、最早、口癖と言っても良いヴィンツェンツの言葉。

『それは〝異形〟という存在が現れる前から、僕が抱いていた感想だ。きっと、〝黒の行商〟も、変えたかったのかもしれない。間違った世界ってやつを、さ』

その時はどうして、と思っていた。

どうしてヴィンツェンツは、〝黒の行商〟を庇うような物言いをするのだろうかと。

やってくる言葉の数々。

そこには「慈愛」があって。「親しみ」があって。「苛立ち」があって。「憎しみ」があって。「憐憫」が、あって。

だから、俺にはよく分からなかった。

複雑な感情を込めて話すヴィンツェンツの意図ってやつが、どうしようもなく。

『ま、僕の想像でしかないんだけどね』

ヴィンツェンツの薄い唇が、呆れるように言葉を紡いだ。

『なあ、シヅキ』

『……なに』

『折角だし――一つ、ある昔話をしようか』

そのひと言に、俺は呆気に取られた。

寡黙、とまではいかないにせよ、ヴィンツェンツは戦闘に関しての話を除いて、あまり会話を好む人ではなかったから。

すぐ隣で俺が驚いている事に気づいてヴィンツェンツが補足する。

『なぁに、どこかの酒場のオヤジから聞いた話さ。なんなら聞き流してくれてもいい。その程度の、取るに足らない話だよ……どうしてか、無性に話したくなったんだ』

ヴィンツェンツはそう補足した。

心なし、その口調は普段よりも弱々しく思えた。

『馬鹿な奴がいたんだ。僕や、シヅキなんて目じゃないくらい、うんと馬鹿な奴が』

生まれる世界を間違った。

先生達からそう言われ続けていた俺だからこそ、馬鹿と言われても特に何も思わなかった。でも、どうしてその比較対象に先生自身まで持ち出すのだろうか。

一瞬ばかりそんな疑問を抱いたけれど、ただの言葉の綾か何かだろうと解釈する。

『そいつ、目の前で仲間を殺されたらしくてさ。しかも、自分と、彼の親友を守る為に殺されたらしいんだ。でもまあ、この世界じゃ、よくある事だよ。そんな話は腐る程転がってる』

その言い分に、話の腰を折らないようにと、声に出さず心の中で同意する。

『……だけど、不運な事にそれが三度も続いた。強くなろうとして、強くなって。それでもどうしてか、得た強さはあと一歩足りなかったみたいでね……毎度、彼の仲間達は僕らを守って死んで逝った』

哀れな奴だ。

思わず、そんな感想を抱いてしまう。

『それで、さ。その親友と二人ぼっちになってから幾日か経って。そいつはある日、答えを出したんだ。この世界ではありふれた考えの一つなんだけど、「この世界は間違ってる」、そんな答えをさ』

ヴィンツェンツの言う通り、それはありふれたものであった。

彼も、俺も、ティアラといった他の仲間達も、みんながみんなよく言っている。

この世界はクソだ。

ろくでもない。

間違ってる。だなんて言葉をいつも、いつも。

『その結果、辿り着いたのは「こんな世界は、なくなってしまえばいい」そんな過激思想だ。シヅキも思うだろう？　そいつ、救えないくらい馬鹿だって』

……確かに馬鹿だと、俺も思った。

でも、その気持ちは少しだけ分かるような気もする。今でこそ、そんな考えは抱いていないけれど、こんな世界はなくなってしまえばいいと、俺も思った瞬間は確かにあったから。

『唯一無二の親友と喧嘩別れする事になってまで、貫くもんじゃないだろうにさ』

その感想は、酒場のオヤジから聞いた話にしては、やけに感情がこもっていると思った。

『……でさ。折角だから聞いてみたいんだけど、もし、シヅキだったらどうする？』

そう問い掛けられる。

『俺、だったら？』

『そ。唯一無二の親友が本気で世界をぶっ壊そうとしてる。そんなとんでもない場面に遭遇したら、シヅキならどうする？』

そんな場面に遭遇する事は万が一にもあり得ない。逡巡なくそう言い切れたけれど、問いを投げ掛けてきたヴィンツェンツはどうしてか、答えてほしそうにしている。

『今の俺なら、止めると思う』

『それはどうやって？　相手は喧嘩別れしたとはいえ、唯一無二の親友だ……でも、止めるなら、きっと殺すしか手はない。世界をぶっ壊す。なんて考えを抱く奴を、言葉で丸め込めるはずがないからね』

それはまるで、止める為であれば、シヅキは親友であろうと斬れるかい？　と問われているようだった。

『……それでも、俺は言葉を尽くすと思う』

無駄だと分かっていたとしても、それでも尚。

『言葉を尽くして、否定して、反対して、止めて……それでもダメだったのなら――――』

『ダメだったのなら？』

『俺は、斬られるのかもしれない。喧嘩別れしたとはいえ、斬るくらいなら、俺は斬られる方がいい。立ち塞がる障害として斬り捨てられる方がまだいい』

介錯(かいしゃく)だとか。

殺してくれと懇願されるだとか。

そんな事があればまた別なのかもしれない。でも俺は、仲間だけは何があろうと斬りたくはない。斬るくらいなら、斬られる側に立った方が余程マシだ。

『たとえそれが、間違った行為であったとしても？』

『……それでも俺は、自分の死でもって間違いに気づいてくれますように、そんな都合の良い願いを抱いて、自分にとって楽な道を選ぶと思う。何より、親友と呼べる人間を斬り殺してまで生きる価値が、この世界にあるとは思えないから』

そう言うと、正面を向いていたヴィンツェンツの視線が顔ごと俺に向く。

次いで、歯を見せて、いつも通りの優しげな笑みを浮かべた。

『嗚呼、うん。シヅキはやっぱり、そう言うよねえ。仲間を斬ってまで生きたくはない、か。うん、確かに、確かにそれもそうだ』

話して良かった。

向けてくる屈託(くったく)のない笑みは、言葉にこそされなかったけれど、そう言っているように思えて。

……明確な理由もないのに、無性に不安に駆られた。

だから、無言は嫌で、怖くて。会話を途切れさせたくなくて、呼びかけた。

『先生』

『ん？』

『先生なら、どうするの』

『僕？』

質問されるとは思っていなかったのか。

ヴィンツェンツは少しだけ呆気に取られたような表情を見せる。

でも、それも一瞬で、すぐにうーんと唸りながら視線を下に向けた。

『そうだね。僕なら――きっと、斬り殺すと思うよ』

正しい回答だと、思った。

『でも』

だけど、言葉はそれだけでは終わらなかった。

『こうして斬り殺す、なんて言ってはいるけど、いざその時になればきっと僕は、最後の最後で斬る事を躊躇う気がする』

『どうして』

『腐っても親友ってのと。一番の理由はさ、やっぱり、僕もシヅキと一緒で根っからの平和主義者だから、じゃないかなあ？』


――もし仮に、次の人生があるのならば、剣を執らないで済む人生を歩みたいよな。


こんな世界で、唯一、俺にそう言ってくれた人。それが、ヴィンツェンツだった。

平和主義者。

……嗚呼、うん。

その答えは、俺と一緒になって平和を語ってくれた人として相応しいと思った。

『散々人を斬り殺して、地獄に叩き落とされるだけの罪科を何十と重ねてきた。そこに言い訳をする気はない……でも、そんな悪人の僕でもやっぱり、ちっぽけな良心だけは捨てられないみたいでね』

それは本当に、良心であるのかどうなのか。

その判別はもう曖昧(あいまい)なんだけど、と自虐的(じぎゃくてき)な呟きが付け足された。

『だから僕も、きっとシヅキと同じ結果に辿り着くと思う』

お揃いだね。

そう言って、ヴィンツェンツはまた笑って。

『――だけど、後始末はちゃんとするつもりだ。僕は僕で、あの時の清算を。だからシヅキ達にまで迷惑をかける気はない……その、つもりなんだけどさ。もし、それでもダメだった時は頼んで良いかな』

何を頼みたいのか、それを言ってくれないので、俺には全く分からなかった。

そもそも、ヴィンツェンツだけで納得して話を進めていたから、内容自体よく分からない。

けれど、他でもないヴィンツェンツからの頼み。

内容を確認するより先に、気づけば俺は首肯していた。

『俺ができる事なら、なんだってするよ』

それで、これまで受けた返し切れない恩が少しでも返せるのなら。喜んで。

そんな思いを伝えるより先に、先生の大きな手のひらが俺の頭に乗せられる。くしゃり、と優しげに髪を掻き混ぜられた。

『頷いてくれるのは嬉しいけど、なんだってする、なんて言葉は軽々しく言うもんじゃないよ』

そんな言葉は先生くらいにしか言う気はないから大丈夫。そう思いはしたけれど、素直に頷いておく事にした。

『でも、ありがとう。ンヅキ――』

「……何故抗うのです。何故抵抗するのです。何故、貴方はこの期に及んで戦うのですか」
鳴り止まぬ剣戟の音。
その間隙を縫うようにして、震える声が俺の耳朶を掠めた。
「仲間達に会いたくないんですか。会いたかったんじゃないんですか。死ぬ理由が、欲しかったんじゃないんですか。私がこうして救ってあげると言っているのに。その願いを、わざわざ叶えてやろうと言っているのに」

　そんな雑音が立て続けに耳に入り込んでくる。

「…………」

　でも、言葉は返さなかった。つまり否定も、しなかった。

「誰かを守って……己を想ってくれる人間がいるうちに、死にたいんじゃなかったんですか。自己中に、ヴィンツェンツのように、死ねる機会がここにあるのに何故それを拾おうとしないのですか」

　ヴィンツェンツが、死ぬ機会を求めていた事は知っていた。知っていたからこそ、あの時、止められなかったし、どんな言葉であろうと彼に届かない事はよく分かっていた。

　ひっきりなしに出現する無数の影色の劔。

　それによって生み出される裂傷。突き刺さる音。噴き出す鮮血。痛獄の嵐。

　しかし、言葉はそれでも止まない。

「……理不尽に踏み躙るな？　殺すな？　〝異形〟が許せない？　違うでしょう。それは、違うでしょうに」

　全てを知ったかのように、クローグは捲し立てる。

「それは、もう終わった話。過去の話です。だから、もう楽になろう。〝生〟というしがらみから解放されよう。そうすれば楽になれます。今度こそ、先生達に会えるかもしれません」

甘露のように甘く、思わず身を委ねてしまいたくなる誘惑の言葉がひたすら続く。そして。

「ほら――――生きるのを、やめませんか。何もかもを、手放しませんか」

血塗れで傷だらけの手を差し伸べながら紡がれたクローグの囁きは、諭すような言葉だった。

どうせ独りぼっちになるのなら、間違いなく今死ぬべきだ。綺麗な建前を並べ立てていないで、自己中にこの〝生〟というやつを終わらせましょう。

私が、救ってあげましょう。

みんながいない世界のどこに、守る価値があると言うのですか。貴方が求めていたものを、今一度、思い出してはいかがですか。

……そんな、言葉を前にして。

「――――っ」

――――どくん、と。

不意に心臓が大きく脈打った。生まれる一瞬の空白。そしてそれが、致命的な隙となった。

「――――ッ」

気づいた時には既に己の身体を〝影剣（スパーダ）〟が貫いていた。身体のあちこちに走る鋭（するど）い痛み。

次いで、眼前が赤く彩（いろど）られた。

……でも。こんなところで終わるわけにはいかない。

「……うる、せえよ」

血が失われ、ふらつく身体を無理矢理に奮（ふる）い立たせ、踏ん張る。

目的の前では痛みなんてものは二の次だろうが。そう自分自身に言い聞かせて、僅かに歪む視界の中、〝影剣（スパーダ）〟を振るった。

「あんたのその言葉で、自刃を選ぶくらいなら、俺はとうの昔にそれを選んでる。一度やったんだ。二度目に、さほどの躊躇いもねえよ」

怖かった。苦しかった。悲しかった。

何より——申し訳なかった。

でも、一度も二度も変わらない。今も尚本心からそう思っている。

なのに、今生の俺はそれを選ばなかった。

先生達（みんな）に会えるまで、死に続ければ良かったのに、それはしなかった。

「あんたには分からねえだろうが……返し切れない恩ってやつがあるんだよ、これが」

俺の行動原理は、その言葉に帰結（きけつ）する。

「先生は勿論……他の奴らに対しても、色々と」

「……その結果、また同じ事の繰り返しになるとしてもですか」

「その時は割り切るさ。また、〝影剣(スパーダ)〟に色々と付き合ってもらうだけの話だ。それに、言ってるだろ。俺は、あんたの『救い』は求めてねえって」

だから――――

微かに震える足に力を込めて、またもクローグに肉薄する。

先の一撃が致命傷であったと確信していたのか。俺を見つめるクローグの瞳には驚愕の色が浮かんでいた。

「俺は、どこまでも俺を貫くだけだ。ファイだろうが、シヅキだろうが、んなもんは関係ねえ。俺である限り、〝異形(あんた)〟の存在だけは認められない」

たとえばこの先、全ての記憶を失う事態に見舞われたとしても。

「く、はっ」

そして、俺は嗤う。無理矢理に。どこまでも醜悪に。見せかけにすらならない虚勢を、張る。

「全ての影は――――俺の支配下ァッ！！！」

肉薄する俺の攻撃を、足下に控える〝影剣(スパーダ)〟で対処しようと試みていたクローグに対し、できる限りの大声で叫び散らす。

程なく、クローグが用意していた〝影剣(スパーダ)〟に、黒い靄が纏わりついた。

それはつまり、影から影への干渉。

視界を埋め尽くす程の量に達している〝影剣(スパーダ)〟、その全てに俺の『意志』が注がれる。

直後、明らかな無茶を敢行したが為にズキリ、と頭に痛みが走った。だが、それがどうしたと捨て置く。

構うか。構ってる暇があるものか。

「俺の能力は、俺だけのもんだ」

頭のどこかから垂れる鮮血が視界に入り混じり、ただでさえ不明瞭(ふめいりょう)な景色が赤く滲むも、そんなものも関係なかった。

クロークは、目の前にいる。

それは確かだ。だから、だから――

「――勝手に使ってんじゃねえよ、クソ野郎」

精一杯の侮蔑を込めて、剣を振るい。

「降り注げ――〝影剣(スパーダ)〟――!!」

親しみ深い言葉を、紡いだ。

# 第二十五話　『限界』なんて、知らねえよ

殺到する〝影剣〟に、床は砕け、砂煙が舞い上がる。

数える事が億劫になる程の物量。

……でも。

目が死のうが耳が死のうが手を失おうが風穴が開こうが足が折れようが――たかだかその程度で。

「――止まるわけが、ねえよなあ」

「クハッ」

よく分かってるじゃないですか。

喜色を帯びたクローグの笑い声はまるでそう言っているようだった。

彼の姿が明瞭に俺の視界に入るより先に、

「〝異形召喚〟」

紡がれる、言葉。

やがて、この場全体に広がっていた薄い影が深く濃い色を帯びる。まるでそれは、刹那

の時間で影が足下を覆い尽くしたとも、表現する事ができた。

次いで聞こえてくるは、悲鳴のような呻き声。

その出どころは、俺の耳がイカれていなければ、一瞬にして深まった足下の影だった。

「影から剣を生み出せるのであれば、こういう使い方もできちゃうわけですよ」

――――ガァアアアアァァァアアアアアッッ！！！

魂の芯にまで響く醜い絶叫が容赦なく俺の鼓膜を殴りつけてきた。

深まった影から、忘れもしない〝異形〟の化け物が姿を覗かせる。

際限などないと主張するように、ぞろぞろと〝異形〟が現れ始めていた。

「……ばっかじゃねえの」

クローグの行動があまりに愚かしくて、そんな罵倒が真っ先に俺の口を衝いて出る。

俺の能力を知らないはずがないだろうに。〝影剣〟程、多対一に長けた能力はないのだ。

「ええ。ええ。私も貴方の前に大量の兵を並べようとする人間がいたならば、持ち得る言葉の限りを使って罵倒しますとも。ですがそれは、万全の状態の貴方に相対する場合、ですが」

つまり万全でないならば、押し切れる、と。

……舐められたもんだなと、思った。

〝異形〟は残らず殺し尽くす。

その願いに未だ揺らぎはない。

だから、クローグのその行為は俺の願望を叶えるのにお誂え向きだと思った。

好きなだけ〝異形(戦力)〟を投入しろよ。全てを斬り殺してやるから。

「我々の頭の中に、『限界』などというブレーキは存在しない。勿論、それは知っています。しかし、そうは言えど、どうしたって身体の『限界』はやってくる」

不敵に笑む俺に構わず、クローグはこの場全てを埋め尽くさんばかりの〝異形〟を、影から召喚(しょうかん)。召喚。召喚。召喚――――

「ですから、あえて言ってやりましょうか？」

声音に喜悦を帯びさせながら、クローグは口にする。

「殺し尽くせるものなら、殺し尽くしてみろ、と」

「ほざけ」

――――〝影剣(スパーダ)〟――――

言葉はいらない。

あちらこちらに姿を見せる〝影剣(スパーダ)〟をただ、殺到させるだけ。

だから、骨をも砕くような殺意と共にやかましい呻き声を上げる〝異形〟を睥睨(へいげい)し、憎悪を込めて殺そうとして。

「――――あ？　……ッ」

何故か、思い通りに〝影剣（スパーダ）〟が殺到しない現実を前に、素っ頓狂な声が漏れる。

突如として頭に走る鋭い痛みに、思わず顔が引き攣（ひきつ）った。

……能力の使い過ぎ。

そんな言葉が脳裏を過（よぎ）る。

俺の隠し切れなかった痛みへの反応を見たクローグは、己の予想通りに事が進んでいるのが心底嬉しいのか、挑発するように大声で叫んだ。

「さあ、さあさあさあさあ！！！　ここからが根比べです。〝異形〟を根絶したいのでしょう⁉　滅ぼしたいのでしょう⁉　だったら、何もかもを斬り裂くしか道はありません‼　私（ワタシ）の召喚が尽きるのが先か‼　貴方の限界が先か‼」

晴れる砂煙。

明瞭になる視界。

全て直撃したわけではなかったのだろう。だけれど、痛々しい傷がクローグの身体のあちらこちらに見受けられた。

先の叫び声は、自分自身を奮い立たせる為のものでもあったのかもしれない。

この程度の傷は関係ないと言わんばかりの、彼なりの『意地』のような、何か。

「…………」

それを理解して。悟って。感じ取って。

だから俺もまた、虚勢のような『意地』でもって応える事にした。

今更でしかない。でも、せめて形だけでも弱味を隠すように嗤いながら、紡ぐ。

「舐めるな、クローグ」

〝影剣〟とは、何もかもを斬り裂く刃。それが事実であり、決して曲げてはならない家族との約束。

たとえ身体の限界がどれだけ近かろうとも、貫かねばならない。

『限界』が来ている？　……知った事か。

「────舐める、なよ、クローグううううううううッ！！！」

〝影剣〟は俺の意識が保たれている限りは、正真正銘、言葉の通り無尽蔵である。

お互いにどれだけ『意地』を張れるのか。

その競い合い。倒れた方が負け。そんな、シンプルな命のやり取り。

際限なく増え続ける〝異形〟に対抗するように、俺も更に〝影剣〟の数を増やしていく。

「ふ、ははっ、そうです。そう、来なくては‼　でなければ、こうしてわざわざ場を整えてやった意味がない！！！」

痛覚を失っているのか。

痛々しいまでの傷口を覗かせながらも、それを気にした様子もなく、大仰に手を広げてクローグが叫ぶ。

「押し潰してください――〝異形凱旋(パレード)〟――ッ！！」

声も。形も。大きさも。

何もかも不揃いの〝異形〟が次々と這い出るように地面に手を掛けては、その凶々(まがまが)しい姿を大気にさらす。

……しかしそれがどうした。

「斬り、裂け」

ズキンと、身体が痛む。

それがどうした。

気づけば身体には、新たに幾つもの〝影剣(スパーダ)〟が突き刺さっている。

だが、それがどうした。

「斬り裂け、斬り裂け斬り裂け、斬り裂け斬り裂け斬り裂け斬り裂け斬り裂け――」

呪文のように、ひたすら続ける。

目の前の光景を斬り裂く事を最優先にして、思考は勿論、痛覚情報も、何もかもを下位に。

斬り裂けさえすれば後はどうでもいい。

だか、ら。

視界に映り込むこのクソッタレな景色を。

「斬り裂け、〝影剣(スパーダ)〟ぁぁぁあああああああああああ！！！」

這い出る無数の〝異形〟。しかし、それすら上回る量の〝影剣（スパーダ）〟が、全てを斬り裂かんと殺到する。

舞う血飛沫と断末魔（だんまつま）の叫びの嵐。

『────舐められちゃいけない』

不意に思い起こされるそれは、ヴィンツェンツ（先生）の言葉だった。

『僕達剣士は、何があろうと舐められちゃいけない。仮に舐められる事があったとしても、その事実だけは認めちゃいけない。否定しなくちゃいけない……この先も、生き延びたいならね』

ああ、その通りだ。

先生の言う通りだ。

……だから、俺は否定しなくてはいけない。

もう少しだけ、生きると。

そう決めたから。

「馬鹿を言うなよクローグ。身体の限界がある？　殺し尽くしてみろ？　おいオイ。見ない間に随分とまともになってんじゃねーか。でも、残念だよな。生憎、俺らはそういう常識で測れる人間じゃねぇんだ、わ」

口の端を限界まで引き上げ、歯を見せて。くひひ、と息だけで笑う。

それは、俺が一番最初に教えてもらった事。

どんな時であれ――――笑え。

怖い時。辛い時。悲しい時。不安に思う時こそ笑え。人の理解の範疇に決して、収まるな。

……だって、ほら。

『そういう奴は得体が知れなくて、やっぱいくらい、怖いだろう？』

かつて伸ばした手のひらは、どこにも届かなくて。だからせめて、教えだけは守ろうと思った。最後の最後まで貫くと決めた。

「全部吐き出せよ。お望み通り、殺し尽くしてやるから、吐き出せよ」

それは蝋燭の最後の瞬きのような、あるいは火事場の馬鹿力なのかもしれない。

否、誰もがそう認識するだろう。

だけど、不敵に笑うその行為のせいで、その認識が薄らと霞む。そして俺らという奴は、そこに見え隠れする『小さな可能性』というやつを現実のものに変えてきた大馬鹿野郎だ。

「良い事を教えてやる。『限界』っつーのは、足を止める為にあるもんじゃねえ。超える為にあるもんだ。えらい奴の言葉だぜ？　覚えとけよ」

だからあんたが押し潰せると考えていたソレは、ただの愚かな妄想でしかなかったわけだと指摘し、煽る。

勿論それは、今たまたま思い浮かんだ言葉。

ラティファあたりが聞けば、「えらい奴の言葉って一体誰の言葉ですか……」「俺」「……一応間違いじゃないのが腹立たしいですね」なんてやり取りがまた行われるのだろう。

容易にその光景が想像できて、お陰で俺の笑いがひどく様になったような気がした。

溢れ返る〝異形〟を斬り裂いて。刺し貫いて。

そして、圧倒的な生命力を誇るはずの化け物が一瞬、一瞬の間に次々と頽れる。

思わず顔を顰めてしまう程の死臭を前に、より一層笑みを顔に深く刻んだ。

――――そんなのは、できない。

やる前から無理だと決めつけ、幾度となく先生に怒られるきっかけにもなった、かつての己の口癖のようなその言葉を紡ぐ気はなかったから。

「……良いですね。ええ。とても良い。現在のこの世界において、私を止める壁になれるのは貴方くらいのものだと思ってはいましたが、どうやら私の考えは間違いではなかったようです」

クローグの身体から流れる血は止まる事を知らず、歯と歯の隙間から漏れ出る息は掠れていて。苦しそうなのは否めない。

実際、紡がれた言葉は早口になっているような気がした。

「なればこそ、前哨戦はこれにて終い」

お互いに、死に瀕していると言っていい状態。それでもクローグは抜け抜けとそう言い放ち、足下にべっとりと広がる己の血溜(ちだ)まりを蹴り上げた。

自分の映る鏡でも見させられているのではないか。

思わずそんな錯覚を抱いてしまうような不気味な笑みを顔に貼り付けるクローグが、肉薄。

彼の手にはひと振りの〝影剣(スパーダ)〟が握られている。

剣を水平に傾け、身体より後ろに構えて距離を詰めるその戦い方は見覚えがある。

一時期は憧(あこが)れから、俺も真似をしようとした、疑いようのない――ヴィンツェンツ(先生)の戦い方。

「ひと振り決殺。我が心、我が身は常在戦場也――」

飾(かざ)り気(け)のない無骨な柄を握る手にこれ以上ない程の力を込め、振り上げる。

足下に広がる深い影。手にする〝影剣(スパーダ)〟から、ぶわりと黒い靄が一瞬にして噴き上がり、吹き荒れる。

そして。

死(ころ)せ――

振り抜き、撃ち放たれるクローグの刃と、振り下ろす俺の刃が交錯(こうさく)し、凄絶な衝突音を

轟かせると同時――

「――――〝斬撃(スパーダ)〟――――ッ‼」

互いの声が、重なり合った。

## 第二十六話　クローグとヴィンツェンツと

「……あんた、最後の最後で手を抜いたろ」

叫び合って。

斬り裂いて。斬り裂いて。斬り、裂いて。

そして最後の最後に、何故かクローグは紛れもなく手を抜いた。それはまるで、己を斬れと言わんばかりに。

だから、分からなかった。

仰向(あおむ)けに倒れ、辛うじて息をしているクローグの考えというやつが、どうしても。

「……ふ、はっ」

笑い声を一度。

そしてクローグは、あたりを埋め尽くす程の〝異形〟の屍には目もくれず、震える身体を無理矢理起こし、引きずるようにして側の壁にもたれかかった。

「私には、そもそも初めから選択肢は二つしかありませんでした。世界を、〝異形〟で染めてやるか。はた、また、私自身が誰かの手によって斬り殺される、か」

「……あ？」

　血を流し過ぎたからか、頭が上手く回らない。

　それは一体、どういう事なのだろうか。

「こんな恵まれた世界に生まれ落ち、過去の我々が幾ら願おうと届かなかった日常を享受できる者達が、あろう事か、私利私欲を満たすという下らない理由の為に〝異形〟に手を伸ばした。だか、ら、因果応報、報いをくれてやろうと思った。私の『救い』を軽んじたのです。これ、は、当然でしょう」

　ひと言ひと言発するたびに、目に見えてクローグの命が削り取られていく。

　そもそも、致命傷を負いながらも今尚こうして話せている事自体が、奇跡でしかなかった。

「……ですが、たった一つだけ、問題がありました」

　何が。

　そう尋ねるより先に、答えが彼の口から紡がれる。

「困った事に、無理矢理に乗っ取った身体だからなのか、私の意思で死ぬ事だけは不可能でした。そして、〝異形〟になる事も、また」

だから、誰かの手によって殺されるという方法がどうしても必要だったのだと、彼は言う。

「とはいえ、この世界の人間の手によって殺されてやる程私はお人好しじゃありません。彼らにくれてやる『救い』は、〝異形〟に堕としてやるくらいのもの。そこに揺らぎはない。そんな時です。私は——貴方の存在に気づいた」

薄々分かっていたとはいえ、こうして言葉にし、確固たるものにされると返す言葉を見失ってしまう。

本当に、世界を〝異形〟で染めようとするならば、俺を待つ必要など、どこにもなかった。

あえて場を整える必要などどこにもなかった。

そんな事をせず、かつてのように〝異形〟を蔓延させていれば、いつかの凄惨な光景は既にでき上がっていたはずだ。

なのに、クローグはそれをしなかった。

「心の底から、私は救いたかったのですよ。僅かの揺らぎもなく、私は誰をも救ってやりたかった。〝異形〟という存在に頼ったのは、決して一時的な愉楽を得る為ではありません……と言っても、私が救いたいと願ったのは、あくまであの世界の連中だけですがね」

くひひ、と笑い、この世界の連中は救う価値がありませんねえと、表情で語る。

「だから、まあ。因縁もありましたし、貴方にならば良いかと、思ったんですよ……あの時のように負けるのであれば、それもまた運命。仮に勝つ事があれば、それはこの世界を滅ぼせという天命であると考えていました」

そして、負けてしまった、と。

最後で手を抜いておきながら、クローグはそう言い放つ。

「ま、ぁ、最後の一人もこうして始末しましたし、私の不始末もこれで終わりですかねえ」

「……どういう事だ」

「言葉の、通りですよ」

限界が近いのか。

クローグの呼吸がひゅう、ひゅうと笛のような音に変わる。

「私が召喚し、貴方が斬り殺したあれだけの〝異形〟。果たしてそれは、どこから持ってきたんでしょうね、え？」

〝異形〟を生み出す為には人が必要だ。

人から生まれる化け物——それが、〝異形〟。

つまり、〝異形〟がいるという事は、同じ数だけ〝異形〟に堕ちた人間がいるという事だ。

「お、まえ」

「勘違いしないでください。私は報いをくれてやったに過ぎません。因果応報。〝異形〟に関与した連中を、私が手ずから〝異形〟に変えてやっただけの話です。そして先程、貴方が全て斬り殺した……ま、信じるか信じないかは貴方次第ですがね」

溢れ返る〝異形〟の屍。その数、百は下らない。

遠い昔に殺し尽くしてやった〝異形〟という存在を復活させたのだ。そこに注ぎ込んだ人員というものは、決して少数ではないだろう。

だから、クローグの言葉には納得できる部分もあった。

そして、降りる沈黙。

掠れる息を整え、すぅ、と吸い込んでから、クローグは再び口を開く。

「……勝者には、報酬があって然るべきでしょう。時間は限られていますが、私に答えられる事でしたら、特別になんでも答えて差し上げますよ」

きっと、その言葉は本心なのだろう。

何より、今更クローグにどうこうできるとは思えない。

……でも、こんなクソ野郎に馬鹿正直に尋ねる気にはなれなかった。

俺の内心を見透かしてか、どこか呆れるようなため息を吐き出してから、クローグは語り始めた。

「私には、親友と呼べる人間が一人だけいました。私の行為を止められる者がいるとすれば、それはきっと彼だけだと思っていました。そして彼に斬り殺されるのであれば、私もそれなりに納得ができた……ですが、そいつは止める為に私と相対したにもかかわらず、最後の最後で斬らなかった」

　懐かしそうに、悲しそうに言葉を紡ぐ。

　クローグに同情する気は微塵もない。でも、浮かべる表情は哀愁漂うものであった。

「あろう事か、そいつは言ったんですよ。『僕はやっぱり、お前を斬れないや』と……アイツは最後まで、人でした。修羅でも、畜生でもなく、アイツは、人でした。最強であったけれど、それでもアイツは、ヴィンツェンツは、人でした」

　……きっと、初めから殺す気なんてものはなかったんでしょうね、と付け足される。

　クローグは、会話をしているというより、自身に語りかけているようだった。

「貴方の先生は、最後の最後で道を違えたとはいえ、親友を手にかける事だけはやっぱりできないと笑って、手を止めて。望んで斬り殺された、ただのクソ野郎ですよ」

　なんとなくだけれど、クローグと先生の間には何かしらの因縁のような、俺の知らない関係が潜んでいるとは前々から感じていた。

　だからそう言われても、それは違うと声を荒らげる気にはならなかったし、望んで斬り殺されたと聞いて、胸にすとんと落ちた。

先生の負ける姿だけは、最後の最後まで想像すらできなかったが。

かつてクローグを斬り殺したあの時でさえ、それは変わらなかった。だから、クローグの言葉のお陰で、漸く、長年の疑問が晴れた。

「あの時は伝える余地もありませんでしたから言いませんでしたけど、まあ、今なら良いでしょう」

そして。

「……悪かった、と。シヅキに会う事があれば、僕が謝っていたと伝えてくれ。そう、言われてましてね」

「悪くなんて、ねえよ」

いかにも先生らしい言葉を前に、俺は反射的に否定していた。

「悪くなんてない。先生を責める奴なんて、どこにもいない。俺は、そんな先生だったから救われたんだ。そんな先生だったから、今の俺が、あるんだ。だから、先生は何も悪くない」

悪いのは、あの世界だ。

だから、悪かっただなんて言わないでくれ。

俺は、先生に感謝する事はあっても、これっぽっちも責める気などないのだから。

……だけど、その言葉を向けるべき人物は、もうどこにもいない。

「……嗚呼。やはり、貴方はヴィンツェンツによく似ている」

会話がすれ違う。

やがてクローグは小さく笑いながら天井を仰いで、また、場が静まり返った。

「謝罪は、しませんよ」

「それをしたら、俺はあんたを殴り殺してる」

「えらく物騒な答えですね」

謝罪なんてそもそも求めてすらいなかった。

「でも、それでいいです。何、より、私の行為が間違いであると私自身が認めてしまえば、私を信じてくれた者達に申し訳が立たない」

「……そうかよ」

過去の自分の為にも。彼が掲げる『救済』を信じて付き従ってくれた者達の為にも、かつての行為の正当性を覆す謝罪だけはする気がないと、彼は言う。

そしてその言葉に、どうしてか先生の影が見えたような気がした。

『仮に、過去に戻れるとしても、戻るべきではない。過去の出来事を、誰かの覚悟を嘘に変えるわけにはいかない』

腹立たしくはあるけれど、俺にそう語ってくれた先生にどこか似ているような気がしたんだ。

許す気はない。今もクローグの事は嫌いだ。憎くさえ思う。

でも。

「……助かった」

「変な事を、言うんですね。憎むべき人間に。先程まで殺し合っていた人間に、感謝だなんて」

分かってる。

馬鹿な事を言っているという自覚はある。

「私はただ、私達が信じた『救済』を軽んじられている事が許せなかっただけです。そして、その最後の後始末に、貴方という人間を選び、委ねた。罵倒される覚えはあれど、感謝される覚えはありませんね。何より、これは貴方の為にやった事ではありません。貴方を利用しただけです」

徹底的に、拒絶される。

そうこうしている間に、俺も立っている事すら辛くなり、クローグに倣うように壁にもたれかかり、ずるずると背中を擦りながら床に腰を下ろした。

「……伝言があるなら、聞きますよ」

誰への、とは言われなかった。

でも、死にゆく人間が口にする伝言である。

あえて言われずとも、誰に対してであるかの見当など容易についた。

「いらねえよ」

鼻で笑いながら返す。

「伝えたい事は、自分で伝える。あんたに頼るまでもない」

俺がそう返事をするとは思っていなかったのか。数秒程の間があく。

そして、小さく自嘲気味にクローグは笑った。

「————……最後まで可愛げがない奴ですねえ」

その言葉が、最後だった。

辛うじてとどまっていた生気は消え、一つの声が失われた。

死を迎えたクローグの身体は粒子に分解されてゆき、ボロボロの煤けた外套だけを残して、大気に溶け込むように消えて逝った。

「……疲れた」

何より、凄く眠かった。

最近働き過ぎなんだよな、などと自分を労いながら、壁に全体重をかける。

今日は、良い夢が見られそうだ。

そんな事を思いつつ、重い重い瞼を閉じて。

「……ったく。どうせ死ぬんなら、大人しく一人で死んどけよ、迷惑野郎、が」

ゆっくりと意識を、手放した。

## 第二十七話　みんなとの夢

――そこには、荒涼(こうりょう)たる原野が広がっていた。

赤黒く滲んだ大地が、地平線の彼方まで続いている。見慣れた光景だった。親しみ深い景色だった。シヅキ(俺)が生まれた世界、そのものだった。

「……あぁ、またこれか」

ファイ・ヘンゼ・ディストブルグとして生まれてからずっと、繰り返し見続けてきていた明晰夢(めいせきむ)。といっても己が望む夢を見る事は叶わず、ただ、それが夢だという自覚がある中で、ひたすら過去を再体験させられるというものであった。

「でも……悪くない。こうして先生達(みんな)の顔が見られるのなら、それも悪くなかった」

見慣れた光景。

そしてその側には、先生達(みんな)がいた。

まだ、一人として欠けていなかった頃の先生達(みんな)がいた。

……でも、あくまでこれは夢。

俺が何を言おうが、反応は一つとして返ってこない。ただ、ひたすら同じ体験が繰り返されるだけ。

虚しいと思った時もあった。けれど、先生達の顔をこうしてまた見る事ができるのなら、たとえ幻だろうと悪くはないと、ずっと前に答えは出ている。

「なぁ、先生」

勿論返事は、ない。

俺の声は、耳を素通りするどころか、決定的な壁に阻まれて、そもそも届きすらしない。

それでも、今は言いたかった。

言わなければ、いけなかった。

「声はもう、届かないけど、それでも、お礼を言わせてくれ——こんな俺を、拾ってくれて。そして、転生させてくれて、ありがとう」

それは紛れもない俺の本心だった。

だから、悪かったなんて、言わないでくれ。

俺に謝罪する必要なんて、どこにもないのだから。

心の中で、同じ意味の言葉を繰り返す。

「本当は、今すぐにでも先生達のもとに逝きたかった。逝って、また馬鹿やりたかった。

俺は弱虫だからさ、また先生達と、笑って、飯食って、寝るとか言って誰かにいたずらして、遊んで、はしゃいで、馬鹿にして、馬鹿にされて。ずっと、笑い合いたかった」

──でも。

「なん、だけどさ。もう少しだけ、寄り道をしてもいいかな」

まさか、己が自分の意思でこんな言葉を言うようになるとは思いもしなかった。

自分の口角がつり上がっている事は、鏡を見ずともすぐに分かった。

こうして俺が、己と親しみ深い明晰夢を目にしているという事は間違いなく、俺はあの重体の中で誰かによって助けられたのだろう。

そして、そんな世話を焼いてくれる人に心当たりがあった。だから、きっとそれもあって、

「せめて、受けた恩くらいは返しておきたいから──」

そう言いかけて、否定する。

「──い、や、違う。違う、な。それは、合ってるけど、本心じゃない……先生達にだけは、嘘をつきたくない……そう、だ。きっと俺は、あの世界でまだ生きていたいんだ」

言い訳を重ねながら、白状する。

誰が聞いているわけでもないというのに、ゆっくりと、頭の中を整理しながら言葉を紡いでゆく。

「あの世界で、俺はまだ馬鹿やってたいんだ」

目を閉じれば、その光景は鮮明に浮かぶ。

俺の堕落ぶりに呆れるメイドがいた。

あの手この手でからかおうとするメイドもいた。

猫を被って、楽しそうにからかってくる兄がいた。

世話焼きで、お人好し過ぎる兄がいた。

顔を合わせるたびに苦笑いを浮かべて、俺の心配ばかりする父がいた。

こんな俺を気にかける、王（友）もいた。

後悔だらけの俺のような元王女もいて。

眩しいくらいの理想を掲げる王女もいて。

――どうしてか、奴らはみんなして、こんな俺を構おうとする。そして気づけば、それを不思議と心地よく感じてしまってたんだ。

「だから、もう少しだけ待っててほしい。いつか必ず、また先生達に会いに行くから。馬鹿みたいに笑って、死ぬその瞬間まで、たっぷり土産話を溜めとくからさ」

そこまで言って、ふと気づく。

これではまるで永の別れみたいではないか。

「……いや、違う。違うんだ。そういう事を言いたいわけじゃなくて。先生達の事を忘れる気も、軽んじる気も全くない。ただ、俺は」

自分の不器用さを今日この時程、呪った事はないと思う。

「俺、は……」

大事な人間に優劣（ゆうれつ）なんてつけようがない。

でも、先生達（みんな）の事は誰よりも大事であって。

「……あの地獄の先にあった未来ってやつを、みんなと、過ごしたいんだろうな」

普段とはあえて違うように言った〝みんな〟のニュアンスに、口にした俺でさえもちょっとだけ違和感を覚えた。

――浮気者（うわきもの）。

ふと、そんな言葉が脳裏を過（よぎ）る。

ティアラは別として、それはみんなが口が裂けても言わないであろう言葉。

仮に、今抱くこの想いを打ち明けたとしても、「良かったな」「良いんじゃない？」「……それがお前の幸せなら、いいと思うぞ」「ンな事くらいでいちいち、気にしねえよ」「シヅキは相変わらず律儀過ぎだな」「こんな事、僕が言えた義理じゃないけれど、過去に縛られ過ぎるな、シヅキ」……そんな、言葉がかけられるんだと思う。

ティアラだけはわざとらしく、「シヅキの浮気者ー‼」って叫んだだろうけど。

「そうだ。なあ、先生達（みんな）、聞いてくれよ。俺達が過ごしたあの地獄の先にあった未来は、少なくとも俺には明るく見えるんだ。俺や、先生が願っていた世界に近くてさ。まだまだ、剣は手放せそうにないけど、それでも、ずっと、ずっと俺が欲して止まなかった世界に近くて、さ。だから、俺らの行為にはきっと、少なからず意味はあったと思うんだ」

次々と言葉を並べ立てていく。

でも、それは間違ってても、夢を語る子供のようなものではなくて。胸の奥に宿る感情を必死に隠そうと試みる行為であった。

やがて、頭に何も思い浮かばなくなって、俺の言葉は止んだ。

「……ああ、くそ」

吐き捨てる。

顔を顰めながら、精一杯の後悔を滲ませて俺は吐き捨てる。

「くそ。幾ら取り繕っても、これだけは変えられねえよな。やっぱり俺は、先生達とまた、騒ぎたいんだ。怒られたいんだ」

クローグにはああ言ったけれど、本当は伝えてほしい事なんて溢れる程あった。

何より、もう一度だけでいいから先生達と話をしたかった。

お前は不器用過ぎる、せめて言いたい事は明確にしとけって、呆れられながら、怒られながら、仕方ないなと笑われたかった。

「俺は、ただ、先生達と一緒にいられれば、それで、良いって本心から思ってるような、奴だったから」

鼻を啜(すす)りながら言う。

それは、どこまでいこうとただの願望でしかない。決して手の届かない願いだ。

でも、口に出して言っても全く意味がないと分かってはいても、言わずにはいられなかった。

「無力だとしても。泣き虫って笑われても、俺は、それが良かった。先生達(みんな)の側が良かった」

〝剣鬼〟〝剣帝〟〝英雄〟。

そんな呼び名は一つとして、俺は求めていなかった。一つとして欲していなかった。

俺はただ。俺は、ただ——

『——そろそろ、前を向いて歩きなよ』

不意に、声が聞こえた気がした。

聞こえるはずのない声が、確かに。

でも、不思議な声だった。

先生の声じゃなくて、他のみんなの声でもなくて。全員の声が混ざり合ったような、そんな声。

「……きび、しいな」

『厳しいもんか。そもそも、生きたいって願う人間が何、過去への未練を長々と垂れ流してるんだよ』

この際、幻聴でも良かった。

俺の弱さが生んだ幻聴でも、俺は嬉しかった。

「許してくれよ。俺の性格は、先生達が一番、知ってるだろ」

気づけば視界が、雨に濡れた窓越しの景色のように、滲んでいた。

目の端は、何故かあったかくて。

何かがこぼれ落ちるような感触が頬を伝う。

『泣き虫は、治らないんだね』

「これ、は、先生達の前でだけだ。だから、そのくらいは、許してくれよ」

すると、呆れ交じりのため息が聞こえてきた。

きっと、呆れられて。それでも男かって叱られて。情けねえって笑われて。

……たとえそうなろうと、俺からすればむしろ望むところだった。

『シヅキには、色々と背負わせちゃったからさ。ゆっくりと、気が済むまで過ごしなよ』

――贖罪したいとはいえ、僕らにはこれくらいしかできないんだけれどね。

それだけ告げて、声は薄れて消えた。

「……謝ってばっかじゃねーか。お互いに、さ」

もし、いざ先生と面と向かって話す機会に恵まれたとしても、なんとなく会話に決着がつかないような気がした。

二人して、ずっと謝り合って。

お互いに譲歩しなくて。結局、話題を変えるくらいしかお互いにできる事はなくて。

「ああ、でも」

そのやり取りも悪いものではなかった。

だから、口の端を緩く吊り上げて、俺は精一杯の笑みを浮かべる。

「そういうのが、俺らしいか」

――そして、幸せな夢は終わりを迎えた。


瞼が、やけに重かった。

でも、目を瞑っていても分かる人の気配に、俺は無理矢理に重い瞼をこじ開ける。

やがて映り込む見慣れた景色――そこは俺の自室だった。

次いで、見知った二つの顔も、視界に入り込む。身体中がまだ鉛のように重くて、動かせなくて。

ただ、口だけはどうにか動いてくれそうであった。だから――

「お目覚めですか」

「気づくのが早えよ」

口を開く前に瞼を開けたのが悪かった。

そのせいでフェリに気づかれ、先を越される。

「……まあ、なんだ。無事で良かったよ」

視線をフェリから外し、もう一つの人影へと向ける。そこにはドヤ顔で俺を見下ろすもう一人のメイド——ラティファがいた。

「何せ、私はスーパーメイドですからね。勝手に突っ込んでいって勝手に死にかけるどこぞの王子様とは違って、仕事は完璧にこなしちゃいますから」

「うるっ、せえ」

いちいち嫌味を盛り込んでくんな。

いつも通りの不毛過ぎるやり取りを交わしながら、息を吐く。

すると、申し訳なさそうな面持ちで口ごもるフェリが映り込んでしまって。

「——休暇一年」

この際だったら、と——

「それで手を打と——」

「メイド長の弱みにつけ込んだって陛下にチクりますよ」

「——う、なんて事は言わねえから安心してくれ」

条件を叩きつけてやろうと思ったが、不穏な事を言うラティファを睨め付けながら慌てて訂正。

「何を考えてんのか想像はつくけど、気にすんなよ。俺が、好きでやった事なんだから」

話がややこしくなるので言う気はなかったけど、これは俺の不始末でもある。

だから、フェリがそんな申し訳なさそうな顔をする理由はどこにもない。

むしろ厄介事をこんな未来にまで持ち込んだ俺が、謝るべき立場なのだ。

しかし言葉を投げ掛けたにもかかわらず、一向に返事がやってくる気配はなかった。

「…………」

顔を顰めて、何か言葉を探しあぐねているようであった。

「……気晴らしに、外にでも出るか」

こんな狭い空間で、気まずい空気に満たされるのは流石に耐え切れなくて。

その身体で外に出るって……正気ですか。

などと言わんばかりに目を剥くラティファに——

「今は、特別気分が良いんだ。だから、少しくらい俺の我儘に付き合ってくれよ」

そう言って、俺は身体を起こした。

# 第二十八話　全てが、終わって

「…………にしても、やけに頭がぼーっとする」

「五日も寝てましたからね。それは、仕方がないです」

「あぁ、それでか」

若干身体がふらつくけれど、歩けない程ではない。だけど、「あの野郎、散々俺の身体を痛めつけやがって」という恨み言は忘れない。

どっかに消えて逝った迷惑野郎に心の中で毒づきながら、俺は庭園を目指して歩いていた。

「そういえば、五日ならまだ〝連盟首脳会議（クーリア）〟やってるんじゃ？」

出なくていいのかよ。と、生真面目な性格のフェリに話を振ってみる。

「殿下が出たいと仰るのであれば、今からでも準備いたしますよ？」

「……身体の調子が悪いしやめとくわ」

隣で、殿下やぶへび……ぷぷっ、などとあからさまに笑うラティファ（クソメイド）にイラッとしたけれど、この怒りはいつか倍にして返すと決めて今は聞こえないフリをする事にした。

「そうですか」

俺に出る気がない事はフェリも知るところ。だからきっと、笑って返事をしていたのだろう。

「それで。他の奴らは無事だったのかよ」

ここで言う他の奴らとは、帝国に向かっていた獣人の事。特に、花屋で会ったリヴドラについてであった。

「……ええ。リヴドラやミランさんは、いつか殿下にお礼を言いに来ると仰ってましたよ」

「ミラン？」

「獣人国の、〝英雄〟です」

「ああ、なるほどな」

本人の与り知らぬところで勝手に、恩義を抱かれた、と。でもまあ、恨まれているわけでないなら特に問題はないと思う事にした。

「にしても、あんたも無茶するよな。下手すれば死んでたぞ」

俺が言えた義理じゃないけれど、言わずにはいられなかった。

あの時はクローグにしか目がいかなくて、色々と度外視していたけれど、首を突っ込む気がないと公言していたとはいえ、イェルク・シュハウザーという化け物も近くにいた。

仕掛けてこなかっただけで、帝国内には鬱陶しいくらいの数の〝英雄〟もいた。

だから、あんな命知らずな行為をよくしようと思ったな、と指摘すると――

「殿下にだけは、言われたくない言葉ですね」

案の定としか言いようがない言葉がフェリから返ってきた。

「俺は良いんだよ、俺は」

たとえ死にかけたとしても、なんだかんだこうして生き残るような奴だし。

何より、たとえ死んだとしても、それはそれで俺は納得ができるだろうから。

「冗談でも、そんな風に言わないでください」

怒ったような声音だった。

またですか、とか、そんなふうに軽く聞き流せば良い程度の何気ない言葉のつもりだったのに、何故か本気で責められる事になった。

「今回ばかりは、もう日を覚まさないいんじゃないかって……ッ」

俺に向けてくる眼差しは、どこまでも真摯で。彼女が紡ぐ一言一句が本心であるという事は疑いようもなかった。

「……相変わらずだな、フェリは」

だからそんな言葉が口を衝いて出ていた。

きっと、そういうフェリだから、死なせたくないと思ったんだろうし。

「ま、あ、なんだ。次から気をつけるって事で、今回は見逃してくれ」

じっとフェリに眼差しを向け続けられた俺は、ラティファからも何か言ってやってくれよと、目で助けを求める。

「見逃しません」

きっぱりとラティファに拒絶された。

「おいコラ」

そこは頷いて協力するところだろうがッ。

「あのですねえ、殿下。殿下がぐーぐー寝てる間、ずっとメイド長は自分を責めてらしたんですよ。もうこんな事は二度としないと誓って、そして私のお願いには絶対に『うん』と答えると誓うくらいの事はしないと、誰も納得しませんって」

「……最後の方にとんでもねえ事が聞こえてきたんだが」

「おっと、寝ぼけてるかと思いましたが、意外としっかりしてるんですね」

薄々気づいてはいたが、改めて認識する。やはりコイツは、とんでもない奴である。

「とまあ、冗談はさておき。今回ばかりは逃げられると思わない事ですね」

——あれは、幾らなんでもやり過ぎです。

小声で付け加えられたその言葉は、きっと死にかけた事に対するものだろう。

見逃してくれと言われても、あれでは無理だと言いたいらしい。

「……使えねえ」

完全にフェリ側についてしまっている俺付きメイドは、相変わらず使えない奴であった。

そして二方向から寄せられる責めるような眼差しに耐え切れなくなって。

俺は足早に先へと進み、庭園の中に入る。芝と共に植えられた赤い花の側に、逃げるように腰を下ろした。

「だぁぁ……あー、やっぱり、ここは落ち着く」

脱力しながら、俺は背中から地面に倒れ込み、澄んだ空を見上げる。

けれどすぐに俺の視界に、見慣れた顔が覗き込むようにして入り込んだ。

どうやらラティファの言う通り、逃してくれる気はないらしい。

仕方なく、観念して正直に話す事にした。

「今更嘘をついても仕方ねえから言うけど、あれで死ぬんならそれもまた悪くねえかって、そう、思ってたんだよ」

無茶をしたのは、そんな理由から。

中途半端（ちゅうとはんぱ）に取り繕ったところで隠し通せる気がこれっぽっちもしなくて、だったらと本音を吐露した。たとえそれで、フェリの表情が悲痛に歪むと知っていたとしても、仕方がないと思った。

他でもないそれが、俺の本心なのだから。

「だって、ほら、原因は俺にもあるとはいえ、誰かの為に、俺が自分の命を使えたって事だろ?」

そして、小さく笑う。

「無駄死により、よっぽど良い。よっぽど上等な死に方だ。だから、むしろ望むところでもあった」

どうしても、比較してしまう。

かつての死に方と比べてしまう。

「……でも、そんな事を言いながらも、心のどこかでは俺は生きたかったんだろうな」

だから、こうして生きている。

霞みかけていた『生』というものを手放さなかったのだと思う。

「だから、その……なんだ。助かったよ」

そして俺は、歯を見せて笑ってやった。

鏡で確認せずとも分かる。浮かべるその笑みは、多分、正真正銘の笑顔ってやつだったと思う。

「殿下を、死なせるわけにはいきませんから」

助けるのは当然です。と、返された。

「……そうだな。あんたなら、そう言うか」

その言葉を最後に、会話が止まる。

吹く風がざあっと髪を撫でた。心地のよいそれは、どこまでも眠気(ねむけ)を誘う。

「ま、これで当分は、ゆっくりできそうだ」

目を瞑りながら、口にする。

クローグごと、悪の元凶らしき人間は斬り捨てたし、これから先、帝国絡みの厄介事が舞い込む事はないだろう。つまり、俺の出番ももうやってこないはず。

朝から晩まで睡眠三昧(ざんまい)だろうが、諫(いさ)める人間は恐らくいない。仮にいたとしても、身体が本調子じゃないからと言って五年くらい押し切ってやるつもりでいる。

完璧な言い訳だ。

最早、隙はどこにも存在していない。

「なぁに寝ぼけた事言ってるんですか」

しかし横から、俺の幸せに満ちた予定をぶち壊さんと、ラティファの声が割り込んでくる。

ふざけんな。

「殿下が惰眠を貪ってる間に、何者かの関与によって皇帝陛下がいなくなった事で、帝国に縛られてた〝英雄〟の大半が散り散りになってるんですよ。殿下はまだまだ馬車馬(ばしゃうま)の如(ごと)く働くに決まってるじゃないですか」

「……じょ、冗談だろ」

「マジです」

血も涙もない返答であった。

「だから、それの対処も含めて話し合う為に〝連盟首脳会議(クーリア)〟は引き続き、行われるみたいですねえ」

勿論、今度こそ殿下も出席しますよねえ？

と、脅しをかけてくるラティファの言葉に、耳を塞ぎたくなった。

「俺の知った事か。最低でも五年は休むぞ俺は」

「と、とんだろくでなしじゃないですか」

「〝クズ王子〟の異名(いみょう)は伊達じゃねえってこった」

「いや、それ誇るところじゃないですから。異名というか蔑称ですから」

「うっせえ」

ラティファと不毛としか言いようがない言い合いをしていると、すぐ側から、小さな笑い声が聞こえてくる。

視線を向けて確認すると、口元を手で押さえながらフェリが楽しそうに笑っていた。

「安心、しました」

そして、言葉を一つ。

「安心？」

「はい。安心です」

——何が。

そう尋ねたかったけれど、また藪蛇になってしまう気しかしなくて、やめておく。

「ま、変に心配されるよりは良いか」

フェリに向けてではなく、ひとりごつ。

再び目を瞑り、ここでひと眠りするかと思ったちょうどその時であった。

ゴリ、ゴリ、ゴリ。

と、聞き覚えのある音が少し離れた場所から聞こえてくる。一定間隔で土を圧迫するその音は、目で確認するまでもなく、車椅子によるもの。

「ひゃはは」

遅れて、特徴的な笑い声がやってくる。

お陰で、俺達のもとに近づいてきている人物の正体はすぐに判明した。

「……シュテンか」

「目ぇ覚めたんなら、おれにまずひと言言いに来いよ。〝連盟首脳会議〟から抜け出す良い口実になるっつーのに」

声の主は、車椅子で移動する一つ上の兄、シュテン・ヘンゼ・ディストブルグであった。

どうやら〝連盟首脳会議（クーリア）〟には、シュテンまでも駆り出されているらしい。

心の中で同情の念を向けておく。

「体調が悪いんだ。多分、あと五年くらいはこの状態が続きそうだから、父上やらグレリア兄上にはシュテンからよろしく伝えといてくれよ」

「ほ、ぉ？」

――随分と良い度胸（どきょう）をしてるなあ？

言葉にこそされなかったけれど、そんな発言が聞こえたような錯覚に陥った。

しかし、幾らドスの利いた声がやってこようと、俺はどこ吹く風。

この庭園は、草花を潰さないように車椅子で進める場所には限りがある。

つまり、俺のいる場所までシュテンがやってくる事は、物理的にできないというわけだ。

よって、言いたい放題。

と、思っていたのだが。

ざり。

不意に土を踏む音がする。

……いやいやいや。そんな、まさか。

「おれだって一応、普段からリハビリに励んでいてなあ？　……ちょっとくらいは歩けちゃうんだよな、これが」

そして、鼓膜を揺らす足音が、次第に近づいてくる。

明確な危機感に見舞われ、慌てて身体を起こし、背後を確認。するとそこには、不敵に笑いながら俺のもとへと駆け寄るシュテンの姿があった。

「ファイだけ不参加とか狡いだろ。他の誰が許そうと、おれが許さん！　お前も…………道連れだぁぁぁぁぁぁぁあああああ！！！」

「ぎゃあぁぁぁぁぁああああ！！！」

幽鬼を思わせる覚束ない足取りで駆けてくるシュテンに捕まるまいと逃げ出す俺であったが。

「――――へぶっ⁉」

「――――あだっ⁉」

身体が思うように動かず、つんのめる。

同時、背後からも似たような声と共に転倒する音が聞こえてきた。

……どうやら、シュテンも転んだらしい。

「息ぴったりですねえ」

呑気に感想を述べるメイドが一人。

そんな事を言ってる暇があんなら少しは心配しろよと思うも、ラティファはにやにやと微笑ましそうにこちらを眺めるだけ。

……使えねえ。

「諦めろよ、ファイ。親父さまも、ファイは理由を作りさえすれば嫌々だろうが一応動いてくれるって、もう味を占めてしまってるしな」

「聞きたくなかった……！　その言葉だけは聞きたくなかった……‼　というか、あれは嫌々じゃなくて殆ど強制なんだよ‼」

「それはおれの知った話じゃねえわなあ」

「くそったれ……」

俺の休暇はいつになったらやってくるんだ。

切実な叫びを心の中で垂れ流しながら、俺は身体を動かしてうつ伏せから、仰向けへと体勢を変える。

「おー。そうだ、ファイ」

「なんだよ」

「あー、その、なんだ……無事で良かったわ」

不意打ちだった。

道連れにしてやる、などとつい先程まで叫んでいた奴と同一人物とは思えない、優しい言葉。

「……なんとか、しぶとく生き残ったよ」

「ひゃはは」

そう言うと、嬉しそうにシュテンは笑ってくれた。

そして、会話が止み、沈黙が訪れる。

だけどその沈黙は、不思議と心地よくて。

〝連盟首脳会議(クーリア)〟なんて、面倒事が待ち受けているとはいえ。

でも、まあ──

「──こういう日常も悪くない、か」

顔に土をつけたまま、シュテンにつられるように笑いながら、俺はそう思ったんだ。

# あとがき

この度は文庫版『前世は剣帝。今生クズ王子5』をお手に取っていただき、誠にありがとうございます。

本作は今回で最終巻という事もあり、作者が想定していた当初の展開などを色々と書き綴らせていただければなと存じます。

というのも、主人公ファイの願望が「笑って死ぬ」事であった為、最初は彼が笑って悔いなく死ねるラストを書くつもりでした。

それは、己の身を犠牲にして、誰かの為に果てるのもファイらしいかな、と思っていたからです。しかし、折角過去の自分自身から少し成長を遂げたファイを殺してしまうというオチは今一つ納得がいかず、ご覧のようなエンドに落ち着いた次第です。

また、師匠のヴィンツェンツは、親友であったクローグを止められないと理解しつつ、それでも尚止めたかったのでしょう。それ故に、その遺志を継いだファイがクローグとの衝突を避けられなかったのは必然的なものでした。

執筆途中では幾つかの路線変更はありましたが、ファイの心の葛藤と成長を描く目的で書き始めた今作の本懐は、おそらく達成できたと自負しています。

唯一、心残りがあるとすれば、前世組のエピソードを蛇足だからと、あまり掘り下げなかった事くらいでしょうか。特に、やたらと難解な物言いで自分の考えを伝えてくる隻腕のラティスや、歴史を残したいルドルフなどについては、少し消化不良な部分もあります。

彼らにも信念や後悔を抱かせていたので、そのうち機会があればＷｅｂ版の方に番外編でも投稿しようかなあ、と考えています。なので、もし良かったら、本作を思い出した時に、ちょこっとＷｅｂ版も覗きに来てみてください（笑）。

それからヒロイン役のラティファよりも、フェリのヒロイン力を高め過ぎたせいで、ストーリー展開を別の方向にシフトせざるを得なくなってしまったのは若干の反省点です。

ただ、連載当初から誰かとファイをくっ付ける気はなかったので、ラティファのヒロイン力は、このくらいに抑えておいて結果オーライ（？）なのかなあ、と思っています。

長くなりましたが、最後に今作に関わってくださった全ての皆様方に、改めて厚く感謝を申し上げます。尚、コミカライズ版はアルファポリスのＷｅｂサイトにて絶賛連載中ですので、そちらは引き続きお楽しみいただけますと幸いです。

それでは、また別作品でお会いできる事を願い、この辺でお暇させていただきます。

二〇二二年六月　アルト